祝贺中医药伦理审查
制度建设出版付梓

尊重科学技术
维护患者权益

王永炎
二〇二一年十月

# 伦理委员会制度与操作规程

主　　编　熊宁宁　李　昱

主　　审　刘海涛

执行主编　汪秀琴　王思成

副 主 编　胡晋红　蒋　健　黄　瑾

　　　　　邹　冲　王燕平

编　　委（按姓氏汉语拼音排序）

胡晋红　胡镜清　黄　瑾　蒋　健　李　昱

梁伟雄　刘保延　刘海涛　宋柏林　唐旭东

汪秀琴　王思成　王燕平　熊宁宁　张金钟

张忠元　郑　锦　邹　冲　邹和建

科学出版社

北　京

# 内 容 简 介

本书分为 4 个部分：制度、指南、标准操作规程、附件表格。制度中包括了伦理委员会章程、利益冲突政策和审查会议规则，明确规定了伦理委员会在伦理审查和研究监管中的职责；指南是向研究者、申办者和课题负责人说明各类伦理审查申请/报告和送审文件要求以及提交送审的流程；23 个标准操作规程涵盖了 SOP 的制定、组织管理、审查方式、方案送审的管理、审查、传达决定、监督检查和办公室管理 8 个方面的内容；附件表格提供了各种操作记录的表格。

本书为进行研究伦理审查的伦理委员会制定管理制度和操作规程提供了模板，并可从操作层面上作为我国临床研究伦理审查的法规、政策、指南的配套文件。

**图书在版编目（CIP）数据**

伦理委员会制度与操作规程/熊宁宁，李昱主编. —北京：科学出版社，2011

ISBN 978-7-03-032820-5

Ⅰ. 伦… Ⅱ. ①熊… ②李… Ⅲ. 医学伦理学–医药卫生组织机构–技术操作规程 Ⅳ. R-052

中国版本图书馆 CIP 数据核字（2011）第 237374 号

责任编辑：曹丽英 杨 扬／责任校对：李 影
责任印制：刘士平／封面设计：范璧合

**科 学 出 版 社** 出版
北京东黄城根北街 16 号
邮政编码：100717
http://www.sciencep.com
**新科印刷有限公司** 印刷
科学出版社发行 各地新华书店经销

\*

2012 年 1 月第 一 版 开本：787×1092 1/16
2012 年 1 月第一次印刷 印张：12
字数：277 000

**定价:49.00 元**

（如有印装质量问题，我社负责调换）

# 前　　言

　　临床研究的申办者、研究者/临床研究机构以及伦理委员会应遵循 GCP 的原则，根据各自职责要求，制定并执行相关制度和标准操作规程，以确保临床研究的质量。有一个好的制度和操作规程，明确的职责分工，能保证工作的一致无误，符合标准与规范。

　　《伦理委员会制度与操作规程》根据国内、国际的相关法规、政策和指南的要求，结合数家伦理委员会多年的实际运作和流程管理的经验撰写而成，是给各医院负责对临床研究进行伦理审查的伦理委员会制定管理制度和操作规程提供模板。

　　《伦理委员会制度与操作规程》分为 4 个板块：制度、指南、标准操作规程（SOP）、附件表格。制度中包括了伦理委员会章程、利益冲突政策和审查会议规则，明确规定了伦理委员会在伦理审查和研究监管中的职责；申请/报告指南是向研究者、申办者和课题负责人说明需要提交伦理审查的研究项目的范围，各类伦理审查申请/报告和送审文件要求以及提交送审的流程；23 个标准操作规程涵盖了 SOP 的制定、组织管理、审查方式、方案送审的管理、审查、传达决定、监督检查和办公室管理 8 个方面的内容；附件表格则提供了包括组织管理、申请/报告、方案送审的受理、审查/咨询工作表、办公室工作用表等主要表格。

　　希望《伦理委员会制度与操作规程》能为各家伦理委员会规范伦理审查工作和提高工作质量与效率提供切实可行的参考意见。同时需要提醒大家的是，在标准操作规程中有关时限等一些细节的规定，各家伦理委员会可根据各自具体情况而定，以体现工作的及时有效为基本原则，兼顾实际工作的可操作性。

编　者

2011 年 10 月

# 目　　录

前言

第一部分　制度 ·······················································1

　　伦理委员会章程 ·················································1

　　利益冲突政策 ···················································4

　　审查会议规则 ···················································6

第二部分　指南 ·······················································8

　　伦理审查申请/报告指南 ·········································8

第三部分　标准操作规程 ·············································13

　第一类　标准操作规程的制定 ·····································13

　　制定标准操作规程 ··············································13

　第二类　组织管理 ················································17

　　培训 ·························································17

　　独立顾问的选聘 ················································19

　第三类　伦理审查方式 ············································22

　　会议审查 ······················································22

　　快速审查 ······················································26

　第四类　方案送审的管理 ··········································29

　　研究项目的受理 ················································29

　　研究项目的处理 ················································32

　第五类　审查 ····················································35

　　初始审查 ······················································35

　　修正案审查 ····················································40

　　年度/定期跟踪审查 ·············································44

　　严重不良事件审查 ··············································48

违背方案审查 ····················································· 52

暂停/终止研究审查 ·············································· 55

结题审查 ··························································· 58

复审 ································································· 61

第六类　传达决定 ·················································· 65

审查决定的传达 ·················································· 65

第七类　监督检查 ·················································· 68

实地访查 ··························································· 68

受试者抱怨 ························································ 71

第八类　办公室管理 ··············································· 73

审查会议的管理 ·················································· 73

文件档案的管理 ·················································· 77

文件档案的保密 ·················································· 81

沟通交流记录 ····················································· 83

接受检查记录 ····················································· 85

第四部分　附件表格 ················································ 88

第一类　列表 ······················································· 88

制度、指南与 SOP 列表 ········································ 88

附件表格列表 ····················································· 90

第二类　组织管理 ·················································· 92

利益冲突声明 ····················································· 92

保密承诺 ··························································· 93

第三类　申请/报告 ················································· 94

送审文件清单 ····················································· 94

初始审查申请 ····················································· 96

修正案审查申请 ·················································· 98

研究进展报告 ····················································· 99

严重不良事件报告 ··············································· 100

违背方案报告 ····················································· 102

暂停/终止研究报告 ·············································· 103

结题报告 ………………………………………………………………… 104

复审申请 ………………………………………………………………… 105

**第四类　方案送审的受理** ………………………………………… 106

补充/修改送审材料通知 ……………………………………………… 106

受理通知 ………………………………………………………………… 107

**第五类　审查/咨询工作表** ……………………………………… 108

方案审查工作表（实验性研究） …………………………………… 108

方案审查工作表（回顾性观察性研究） …………………………… 114

方案审查工作表（前瞻性观察性研究） …………………………… 119

知情同意书审查工作表（实验性研究） …………………………… 124

知情同意书审查工作表（回顾性观察性研究） …………………… 128

知情同意书审查工作表（免除知情同意） ………………………… 131

知情同意书审查工作表（前瞻性观察性研究） …………………… 133

修正案审查工作表 …………………………………………………… 136

年度/定期跟踪审查工作表 …………………………………………… 137

严重不良事件审查工作表 …………………………………………… 138

违背方案审查工作表 ………………………………………………… 139

暂停/终止研究审查工作表 …………………………………………… 140

结题审查工作表 ……………………………………………………… 141

复审工作表（初审后的复审） ……………………………………… 142

复审工作表（跟踪审查后的复审） ………………………………… 143

独立顾问咨询工作表 ………………………………………………… 144

**第六类　审查（秘书用）** ………………………………………… 145

会议议程 ……………………………………………………………… 145

会议签到表 …………………………………………………………… 148

投票单 ………………………………………………………………… 149

会议审查决定表 ……………………………………………………… 151

快审主审综合意见 …………………………………………………… 152

会议记录 ……………………………………………………………… 153

伦理审查意见 ………………………………………………………… 159

伦理审查批件 ………………………………………………………… 160

伦理审查决定文件签收表 ……………………………………………… 162

沟通交流记录 …………………………………………………………… 163

伦理审查平台建设质量评估要点 …………………………………… 164

第七类 监督检查 ……………………………………………………… 177

实地访查记录 …………………………………………………………… 177

受试者抱怨记录 ………………………………………………………… 178

第八类 附件 …………………………………………………………… 179

术语表 …………………………………………………………………… 179

参考文献 ………………………………………………………………… 182

# 第一部分 制 度

## （＊＊单位）伦理委员会章程

＊年＊月＊日（＊＊单位）院务常委会通过

### 第一章 总 则

**第一条** 为保护临床研究受试者的权益和安全，规范本伦理委员会的组织和运作，根据国家食品药品监督管理局"药物临床试验质量管理规范"（2003 年），"医疗器械临床试验规定"（2004 年），"药物临床试验伦理审查工作指导原则"（2010 年），卫生部"涉及人的生物医学研究伦理审查办法（试行）"（2007 年），国家中医药管理局"中医药临床研究伦理审查管理规范"（2010 年），制定本章程。

**第二条** 伦理委员会的宗旨是通过对临床研究项目的科学性、伦理合理性进行审查，确保受试者尊严、安全和权益得到保护，促进生物医学研究达到科学和伦理的高标准，增强公众对临床研究的信任和支持。

**第三条** 伦理委员会依法在国家和所在省级食品药品监督管理局、卫生行政管理部门备案，接受政府的卫生行政管理部门、药监行政管理部门的指导和监督。

### 第二章 组 织

**第四条** 伦理委员会名称：＊＊医院伦理委员会。

**第五条** 伦理委员会地址：＊＊省＊＊市＊＊路＊＊号。

**第六条** 组织架构：本伦理委员会隶属＊＊医院，职能主管部门为＊＊。伦理委员会下设办公室。

**第七条** 职责：伦理委员会对涉及人的生物医学研究项目的科学性和伦理合理性进行独立、称职和及时的审查。审查范围包括药物临床试验项目、医疗器械临床试验项目、涉及人的临床科研项目。审查类别包括初始审查、跟踪审查和复审。伦理委员会办公室负责伦理委员会日常行政事务的管理工作。

**第八条** 权力：伦理委员会有权批准/不批准一项临床研究，对批准的临床研究进行跟踪审查，终止或暂停已经批准的临床研究。

**第九条** 行政资源：医院为伦理委员会办公室提供必需的办公条件，设置独立的办公室，有可利用的档案室和会议室，以满足其职能的需求。医院任命足够数量的伦理委员会秘书与工作人员，以满足伦理委员会高质量工作的需求。医院为委员、独立顾问、秘书与工作人员提供充分的培训，使其能够胜任工作。

**第十条**　财政资源：伦理委员会的行政经费列入医院财政预算。经费使用按照医院财务管理规定执行，可应要求公开支付给委员的劳务补偿。

## 第三章　组建与换届

**第十一条**　委员组成：伦理委员会委员的组成和数量应与所审查项目的专业类别和数量相符。委员包括医药专业人员、非医药专业人员、法律专家、与医院不存在行政隶属关系的外单位的人员，并有不同性别的委员；委员人数不少于 5 人。

**第十二条**　委员的招募/推荐：伦理委员会主管部门采用公开招募的方式，结合有关各方的推荐并征询本人意见，确定委员候选人名单。

**第十三条**　任命的机构与程序：医院院务常委会负责伦理委员会委员的任命事项。伦理委员会委员候选人员名单提交院务常委会审查讨论，当选委员的同意票应超过法定到会人数的半数；如果医院院务常委会委员是伦理委员会候选人员，应从讨论决定程序中退出。当选委员以医院正式文件的方式任命。

接受任命的伦理委员会委员应参加生物医学研究伦理、GCP 和伦理审查方面的培训；应提交本人简历、资质证明文件，GCP 与伦理审查培训证书；应同意并签署 AF/ZZ-01/01.0 利益冲突声明，AF/ZZ-02/01.0 保密承诺。

**第十四条**　主任委员：伦理委员会设主任委员 1 名，副主任委员若干名。主任委员和副主任委员由医院院务常委会任命。主任委员负责主持伦理委员会工作，负责主持审查会议，审签会议记录与审查决定文件。主任委员缺席时，可以委托副主任委员接替主任委员的职责。

**第十五条**　任期：伦理委员会每届任期 3 年。

**第十六条**　换届：期满换届应考虑保证伦理委员会工作的连续性，审查能力的发展，委员的专业类别，以及不断吸收新的观点和方法。换届候选委员采用公开招募、有关各方和委员推荐的方式产生，医院院务常委会任命。

**第十七条**　免职：以下情况可以免去委员资格：本人书面申请辞去委员职务者；因各种原因长期无法参加伦理审查会议者；因健康或工作调离等原因，不能继续履行委员职责者；因行为道德规范与委员职责相违背（如与审查项目存在利益冲突而不主动声明），不适宜继续担任委员者。

免职程序：免职由院务常委会讨论决定，同意免职的票数应超过法定到会人数的半数；如果医院院务常委会委员是被提议免职的委员，应从讨论决定程序中退出。免职决定以医院正式文件的方式公布。

**第十八条**　替换：因委员辞职或免职，可以启动委员替换程序。根据资质、专业相当的原则招募/推荐候选替补委员，替补委员由院务常委会讨论决定，同意票应超过法定到会人数的半数；如果医院院务常委会委员是候选替补委员，应从讨论决定程序中退出。当选的替补委员以医院正式文件的方式任命。

**第十九条**　独立顾问：如果委员专业知识不能胜任某临床研究项目的审查，或某临床研究项目的受试者与委员的社会与文化背景明显不同时，可以聘请独立顾问。独立顾问应提交本人简历、资质证明文件，签署保密承诺与利益冲突声明。独立顾问应邀对临床研究项目的某方面问题提供咨询意见，但不具有表决权。

**第二十条** 办公室人员：办公室设主任 1 名，秘书、工作人员若干名。办公室主任由医院院务常委员会任命。

## 第四章 运 作

**第二十一条** 审查方式：伦理委员会的审查方式有会议审查，紧急会议审查，快速审查。实行主审制，每个审查项目应安排主审委员，填写审查工作表。会议审查是伦理委员会主要的审查工作方式，委员应在会前预审送审项目。研究过程中出现重大或严重问题，危及受试者安全，应召开紧急会议审查。快速审查是会议审查的补充形式，目的是为了提高工作效率，主要适用于临床研究方案的较小修正，不影响试验的风险受益比；尚未纳入受试者的研究项目的年度/定期跟踪审查；预期严重不良事件审查。

**第二十二条** 法定到会人数：到会委员人数应超过半数成员；到会委员应包括医药专业、非医药专业、独立于研究实施机构之外的委员，并有不同性别的委员。

**第二十三条** 决定的票数：超过到会委员半数票的意见作为审查决定。

**第二十四条** 利益冲突管理：每次审查/咨询研究项目时，与研究项目存在利益冲突的委员/独立顾问应主动声明并回避。制定利益冲突政策，识别任何与伦理审查和科学研究相关的利益冲突，并采取相应的管理措施。

**第二十五条** 保密：伦理委员会委员/独立顾问对送审项目的文件负有保密责任和义务，审查完成后，及时交回所有送审文件与审查材料，不得私自复制与外传。

**第二十六条** 协作：伦理委员会与医院所有与受试者保护相关的部门协同工作，明确各自在伦理审查和研究监管中的职责，保证本组织机构承担的以及在本组织机构内实施的所有涉及人的生物医学研究项目都提交伦理审查，所有涉及人的研究项目受试者的健康和权益得到保护；保证开展研究中所涉及的医院财政利益冲突、研究人员的个人经济利益冲突得到最大限度的减少或消除；有效的报告和处理违背法规与方案的情况；建立与受试者有效的沟通渠道，对受试者所关心的问题做出回应。建立与其它伦理委员会有效的沟通交流机制，协作完成多中心临床研究的伦理审查。

**第二十七条** 质量管理：伦理委员会接受医院主管部门对伦理委员会工作质量的定期评估；接受卫生行政部门、药品监督管理部门的监督管理；接受独立的、外部的质量评估或认证。伦理委员会对检查发现的问题采取相应的改进措施。

| 医院伦理委员会 | | 文件编号 | ZD/01.02/01.0 |
|---|---|---|---|
| 编写者 | | 版本号 | 1.0 |
| 审核者 | | 版本日期 | 20110808 |
| 批准者 | | 批准生效日期 | 20110908 |

# 利益冲突政策

**第一条**　本政策适用于伦理委员会委员/独立顾问与临床研究项目伦理审查/咨询相关的所有活动，以及研究人员实施研究的活动。

**第二条**　研究的客观性与伦理审查的公正性是科学研究的本质和公众信任的基石。临床研究的利益冲突可能会危及科学研究的客观性与伦理审查的公正性，并可能危及受试者的安全，伦理委员会有责任对此进行严格审查与管理。

**第三条**　伦理委员会有责任正确识别任何与伦理审查和科学研究相关的利益冲突。利益冲突是指个人的利益与其职责之间的冲突，即存在可能影响个人履行其职责的经济或其它的利益。当该利益不一定影响个人的判断，但可能导致个人的客观性受到他人质疑时，就存在明显的利益冲突。当任何理智的人对该利益是否应该报告感到不确定，就存在潜在的利益冲突。伦理审查和临床研究常见的利益冲突如：

- 存在与申办者之间购买、出售/出租、租借任何财产或不动产的关系。
- 存在与申办者之间的雇佣与服务关系，或赞助关系，如受聘公司的顾问或专家，接受申办者赠予的礼品，仪器设备，顾问费或专家咨询费。
- 存在与申办者之间授予任何许可、合同与转包合同的关系，如专利许可，科研成果转让等。
- 存在与申办者之间的投资关系，如购买申办者公司的股票。
- 委员/独立顾问、研究人员的配偶、子女、父母、合伙人与研究项目申办者存在经济利益、担任职务，或委员/独立顾问、研究人员与研究项目申办者之间有直接的家庭成员关系。
- 委员/独立顾问同时承担其所审查/咨询项目的研究者职责。
- 研究人员承担多种工作职责，没有足够时间和精力参加临床研究，影响其履行关心受试者的义务。

**第四条**　伦理委员会对利益冲突的管理采取以下措施：

- 公开发布本利益冲突政策，并作为委员/独立顾问、研究人员必须培训的内容。
- 伦理委员会的委员/独立顾问，在接受任命/聘请时，应签署 AF/ZZ-01/01.0 利益冲突声明。
- 每次审查/咨询研究项目时，与研究项目存在利益冲突的委员/独立顾问、研究人员，必须主动声明，并有相关文字记录。
- 审查会议进入审查决定程序时，申请人、独立顾问、与研究项目存在利益冲突的委员离场；伦理委员会组建/换届应考虑有足够数量的委员，当与研究项目存在利益冲突的委员退出时，能够保证满足法定到会人数的规定。

- 伦理审查会议的法定到会人数必须包括与研究实施机构不存在行政隶属关系的外单位的委员；组织机构的上级行政主管部门成员不宜担任该机构伦理委员会委员。
- 伦理审查应考虑研究人员与研究项目之间的利益冲突，必要时采取限制性措施，如：不允许在申办者处拥有净资产的人员担任主要研究者；不允许有重大经济利益冲突的研究者招募受试者和获取知情同意。禁止研究者私下收受申办者的馈赠；限制临床专业科室承担临床研究任务的数量。满负荷或超负荷工作的研究者，限制其参加研究，或限制研究者的其它工作量，以保证其有充分的时间和精力参与研究。
- 向公众公开利益冲突。
- 接受食品药品监督管理部门、卫生行政主管部门的监督与检查。

**第五条** 与研究项目存在利益冲突而不主动声明，即违反了本利益冲突政策，伦理委员会将给予公开批评，委员将被取消资格，独立顾问将不再被邀请咨询项目，限制研究人员承担新的研究项目，产生不良后果者将被取消研究者资格。

**第六条** 伦理委员会致力于建设公正的伦理审查文化与客观的科学研究文化。因此，委员/独立顾问以及研究人员应监察并报告任何可能导致利益冲突的情况，以便伦理委员会和医院相关职能管理部门采取恰当的措施进行处理。

| 医院伦理委员会 | | 文件编号 | ZD/01.03/01.0 |
|---|---|---|---|
| 编写者 | | 版本号 | 1.0 |
| 审核者 | | 版本日期 | 20110808 |
| 批准者 | | 批准生效日期 | 20110908 |

# 审查会议规则

**第一条** 本会议规则适用于伦理委员会的审查会议，旨在保证会议审查工作的合法、独立、高效与高质量，在充分、有序的讨论基础上，达成共识并获得最佳审查结果。

**第二条** 会议议题

1. 对会议报告项目进行审查：上次审查会议的会议记录，快速审查项目，实地访查，受试者抱怨。

2. 对会议审查项目进行审查：初始审查，修正案审查，年度/定期跟踪审查，严重不良事件审查，违背方案审查，暂停/终止研究审查，结题审查，复审。

**第三条** 会议的准备

1. 安排会议议程：会议报告项目及时安排；会议审查项目按照先送先审的原则安排。

2. 安排会议日程：受理送审材料至审查会议的最长时限一般不超过 1 个月；例行审查会议一般每月安排 1 次，需要时可以增加审查会议次数；紧急会议及时召开。

3. 会前的主审/咨询：为每一审查项目选择主审委员，必要时聘请独立顾问提供审查咨询意见；送达主审/咨询文件；会前完成审查/咨询工作表。

4. 发布会议通知，准备会议文件，准备会场。会议审查材料提前送达参会委员预审。

**第四条** 参会人员

1. 法定到会人数：到会委员应超过伦理委员会组成人员的半数，并不少于 5 人；到会委员应包括医药专业、非医药专业、独立于研究实施机构之外的委员，以及不同性别的委员。最好有若干名非医药专业的委员参加会议，以便其发表意见时不感到拘束。

2. 受邀参会人员：可以邀请独立顾问到会陈述咨询意见，邀请申请人到会报告研究项目概况，回答委员的提问。

3. 列席会议人员：因质量检查评估、学术交流等活动，并经主任委员同意后，可以允许列席会议；列席者应签署 AF/ZZ-02/01.0 保密承诺。

**第五条** 会议主持人

1. 伦理委员会主任委员担任会议主持人。

2. 主任委员不能出席会议，由主任委员授权的副主任委员担任会议主持人。

3. 主持人按照会议议程/日程主持会议。主持人分配提问权和发言权，提请表决，维持秩序并执行会议规则。如果主持人因与审查项目的利益冲突关系而需要回避，则需要让出主持之位并授权一位临时主持人来主持，直到本审查项目表决结束。

**第六条** 会议开始程序

1. 参会委员签到，秘书核对到会人数，向主持人报告到会委员是否符合法定到会人数。

2. 主持人宣布到会委员是否符合法定到会人数。

3. 主持人提醒到会委员，如果与审查项目存在利益冲突，请主动声明。

**第七条 提问**

1. 听取会议报告项目：秘书报告。

2. 听取会议审查项目：申请人报告研究项目概况；听取独立顾问就审查项目的咨询问题陈述意见。

3. 参会委员的提问不能打断其它人的发言。主持人有序安排提问。主持人最后提问。被提问人有义务对提问做出回应。

4. 委员的提问应围绕当前的审查项目；注意提问方式，避免质询，注意聆听，不宜在提问过程中给出个人意见或判断。

**第八条 审查决定意见的讨论**

1. 进入审查决定意见的讨论环节，申请人、独立顾问、与审查项目存在利益冲突的委员应离场。

2. 主持人应充分尊重所有委员的意见，鼓励各种意见充分发表和讨论。

3. 主持人可以首先安排主审委员发言。参会委员的发言不能打断其它人的发言。主持人有序安排委员发表意见，并就问题进行有序的讨论。主持人对审查项目的意见最后发表。

4. 委员发言应围绕当前的审查项目，阐述自己的意见（同意或不同意当前的审查项目）并说明理由。在讨论过程中，委员应充分尊重不同的意见。

**第九条 审查的决定**

1. 每项审查应在送审文件齐全，符合法定到会人数，有充分的时间按审查程序和审查要点进行审查，申请人、独立顾问、与研究项目存在利益冲突的委员离场，到会委员通过充分讨论，达成基本共识的基础上进行表决。

2. 表决以投票的方式，没有参加会议讨论的委员不能投票。委员独立做出决定，不受研究者、申办者/研究项目主管部门（包括医院相关职能管理部门）的干涉。

3. 以超过到会委员半数票的意见作为审查决定。当场汇总投票单，宣布投票结果。

4. 审查会后及时传达决定。

# 第二部分　指　南

| 医院伦理委员会 | | 文件编号 | IRB SQ/01.01/01.0 |
|---|---|---|---|
| 编写者 | | 版本号 | 1.0 |
| 审核者 | | 版本日期 | 20110808 |
| 批准者 | | 批准生效日期 | 20110908 |

## 伦理审查申请/报告指南

为指导主要研究者/申办者、课题负责人提交药物/医疗器械临床试验项目、临床科研课题的伦理审查申请/报告，特制定本指南。

### 一、提交伦理审查的研究项目范围

根据国家食品药品监督管理局"药物临床试验质量管理规范"（2003年），"医疗器械临床试验规定"（2004年），"药物临床试验伦理审查工作指导原则"（2010年），卫生部"涉及人的生物医学研究伦理审查办法（试行）"（2007年），国家中医药管理局"中医药临床研究伦理审查管理规范"（2010年），下列范围的研究项目应依据本指南提交伦理审查申请/报告：

- 药物临床试验。
- 医疗器械临床试验。
- 涉及人的临床研究科研项目。

### 二、伦理审查申请/报告的类别

#### 1. 初始审查

- 初始审查申请：符合上述范围的研究项目，应在研究开始前提交伦理审查申请，经批准后方可实施。"初始审查申请"是指首次向伦理委员会提交的审查申请。

#### 2. 跟踪审查

- 修正案审查申请：研究过程中若变更主要研究者，对临床研究方案、知情同意书、招募材料等的任何修改，应向伦理委员会提交修正案审查申请，经批准后执行。为避免研究对受试者的即刻危险，研究者可在伦理委员会批准前修改研究方案，事后应将修改研究方案的情况及原因，以"修正案审查申请"的方式及时提交伦理委员会审查。

- 研究进展报告：应按照伦理审查批件/意见规定的年度/定期跟踪审查频率，在截止日期前1个月提交研究进展报告；申办者应当向组长单位伦理委员会提交各中心研究进展的汇总报告；当出现任何可能显著影响研究进行或增加受试者危险的情况时，应以"研究进展报告"的方式，及时报告伦理委员会。如果伦理审查批件有效期到期，需要申请延长批件有效期，应通过"研究进展报告"申请。
- 严重不良事件报告：严重不良事件是指临床研究过程中发生需住院治疗、延长住院时间、伤残、影响工作能力、危及生命或死亡、导致先天畸形等事件。发生严重不良事件，应及时向伦理委员会报告。
- 违背方案报告：需要报告的违背方案情况包括：①严重违背方案：研究纳入了不符合纳入标准或符合排除标准的受试者，符合中止试验规定而未让受试者退出研究，给予错误治疗或剂量，给予方案禁止的合并用药等没有遵从方案开展研究的情况；或可能对受试者的权益/健康以及研究的科学性造成显著影响等违背GCP原则的情况。②持续违背方案，或研究者不配合监查/稽查，或对违规事件不予以纠正。凡是发生上述研究者违背GCP原则、没有遵从方案开展研究，可能对受试者的权益/健康以及研究的科学性造成显著影响的情况，申办者/监查员/研究者应提交违背方案报告。为避免研究对受试者的即刻危险，研究者可在伦理委员会批准前偏离研究方案，事后应以"违背方案报告"的方式，向伦理委员会报告任何偏离已批准方案之处并作解释。
- 暂停/终止研究报告：研究者/申办者暂停或提前终止临床研究，应及时向伦理委员提交暂停/终止研究报告。
- 结题报告：完成临床研究，应及时向伦理委员会提交结题报告。

### 3. 复审

- 复审申请：上述初始审查和跟踪审查后，按伦理审查意见"作必要的修正后同意"、"作必要的修正后重审"，对方案进行修改后，应以"复审申请"的方式再次送审，经伦理委员会批准后方可实施；如果对伦理审查意见有不同的看法，可以"复审申请"的方式申诉不同意见，请伦理委员会重新考虑决定。

## 三、提交伦理审查的流程

### 1. 提交送审文件

- 准备送审文件：根据AF/SQ-01/01.0送审文件清单，准备送审文件；方案和知情同意书注明版本号和版本日期。
- 填写申请/报告的表格：根据伦理审查申请/报告的类别，填写相应的"申请"（AF/SQ-02/01.0初始审查申请，AF/SQ-03/01.0修正案审查申请，AF/SQ-09/01.0复审申请），或"报告"（AF/SQ-04/01.0年度/定期跟踪审查报告，AF/SQ-05/01.0严重不良事件报告，AF/SQ-06/01.0违背方案报告，AF/SQ-07/01.0暂停/终止研究报告，AF/SQ-08/01.0结题报告），也可以通过网络"伦理审查系统"填写。
- 提交：可以首先提交1套送审文件，通过形式审查后，准备书面送审材料＊＊份，以及方案/知情同意书/招募材料等电子文件（PDF 格式），送至伦理委员会办公室；同时，通过网络更新/维护主要研究者履历的信息；首次提交伦理审查申请的主要研究者，还需提交资质证明文件复印件，GCP 培训证书复印件。

**2. 领取通知**

- 补充/修改送审材料通知：伦理委员会办公室受理后，如果认为送审文件不完整，文件要素有缺陷，发送 AF/SL-01/01.0 补充/修改送审材料通知，告知缺项文件、缺陷的要素，以及最近审查会议前的送审截止日期。
- 受理通知：送审文件的完整性和要素通过形式审查，办公室秘书发送 AF/SL-02/01.0 受理通知，并告知预定审查日期。

**3. 接受审查的准备**

- 会议时间/地点：办公室秘书会电话/短信通知，也可通过网络系统查阅。
- 准备向会议报告：按照通知，需要到会报告者，准备报告内容，提前 15 分钟到达会场。

### 四、伦理审查的时间

伦理委员会每月例行召开审查会议 1 次，需要时可以增加审查会议次数。伦理委员会办公室受理送审文件后，一般需要 1 周的时间进行处理，请在会议审查 1 周前提交送审文件。

研究过程中出现重大或严重问题，危及受试者安全时，或发生其它需要伦理委员会召开会议进行紧急审查和决定的情况，伦理委员会将召开紧急会议进行审查。

### 五、审查决定的传达

伦理委员会办公室在做出伦理审查决定后 5 个工作日内，以"伦理审查批件"或"伦理审查意见"的书面方式传达审查决定。申请人也可以登录网络系统查询。

如果审查意见为肯定性决定（同意继续研究，或不需要采取进一步的措施），并且审查类别属于（本院为多中心临床试验的参加单位，并且不涉及需要延长批件有效期的）年度/定期跟踪审查，严重不良事件审查，违背方案审查，暂停/终止研究审查，结题审查，以及上述审查类别审查后的复审，伦理委员会的决定可以不传达。申请人在伦理委员会受理送审材料后一个半月内没有收到伦理委员会的审查意见，视作伦理审查意见为"同意"或"不需要采取进一步的措施"。

### 六、伦理审查的费用

药物/医疗器械临床试验项目合同，以及科研课题经费的预算应包括伦理审查费用。
医院年度预算编制列入伦理审查费，用于列支小额科研课题的伦理审查费。
每个研究项目的伦理审查费用＊＊元人民币（包括初始审查、跟踪审查、复审）。
伦理审查费归医院计财处统一管理。

## 七、免 除 审 查

符合以下情况的生物医学研究项目可以免除审查：

- 在正常的教育、培训环境下开展的研究，如：①对常规和特殊教学方法的研究；②关于教学方法、课程或课堂管理的效果研究，或对不同的教学方法、课程或课堂管理进行对比研究。

- 涉及教育、培训测试（认知、判断、态度、成效）、访谈调查或公共行为观察的研究。
  - ◇ 以下情况不能免除审查：①以直接或通过标识符的方式记录受试者信息；②在研究以外公开受试者信息可能会让受试者承担刑事或民事责任的风险，或损害受试者的经济、就业或名誉；③上述不能免除审查的情况，如果受试者为政府官员或政府官员候选人，或者国家有关法规要求在研究过程中及研究后对私人信息必须保密的情况，则可以免除审查。
  - ◇ "涉及访谈调查，公共行为观察的研究"的免除审查一般不适用于儿童与未成年人，除非研究者不参与被观察的公共行为。

- 对于既往存档的数据、文件、记录、病理标本或诊断标本的收集或研究，并且这些资源是公共资源，或者是以研究者无法联系受试者的方式（直接联系或通过标识符）记录信息的。

- 食品口味和质量评价以及消费者接受性研究：①研究用健康食品不含添加剂；或②研究用食品所含食品添加剂在安全范围，且不超过国家有关部门标准，或化学农药或环境污染物含量不超出国家有关部门的安全范围。

关于特殊受试人群免除审查的规定：免除审查不适用于涉及孕妇、胎儿、新生儿、试管婴儿、精神障碍人员和服刑劳教人员的研究。

不建议研究者自行做出"免除伦理审查"的判断，请向本伦理委员会咨询后确定。

## 八、免除知情同意

1. 利用以往临床诊疗中获得的医疗记录和生物标本的研究，并且符合以下全部条件，可以申请免除知情同意：

- 研究目的是重要的。
- 研究对受试者的风险不大于最小风险。
- 免除知情同意不会对受试者的权利和健康产生不利的影响。
- 受试者的隐私和个人身份信息得到保护。
- 若规定需获取知情同意，研究将无法进行（病人/受试者拒绝或不同意参加研究，不是研究无法实施、免除知情同意的证据）。
- 只要有可能，应在研究后的适当时候向受试者提供适当的有关信息。

若病人/受试者先前已明确拒绝在将来的研究中使用其医疗记录和标本，则该受试者的医疗记录和标本只有在公共卫生紧急需要时才可被使用。

2. 利用以往研究中获得的医疗记录和生物标本的研究（研究病历/生物标本的二次利用），并且符合以下全部条件，可以申请免除知情同意：

- 以往研究已获得受试者的书面同意，允许其它的研究项目使用其病历或标本。
- 本次研究符合原知情同意的许可条件。
- 受试者的隐私和身份信息的保密得到保证。

### 九、免除知情同意书签字

以下两种情况可以申请免除知情同意签字：

- 当一份签了字的知情同意书会对受试者的隐私构成不正当的威胁，联系受试者真实身份和研究的唯一记录是知情同意文件，并且主要风险就来自于受试者身份或个人隐私的泄露。在这种情况下，应该遵循每一位受试者本人的意愿是否签署书面知情同意文件。
- 研究对受试者的风险不大于最小风险，并且如果脱离"研究"背景，相同情况下的行为或程序不要求签署书面知情同意。例如，访谈研究，邮件/电话调查。

对于批准免除签署书面知情同意文件的研究项目，伦理委员会可以要求研究者向受试者提供书面告知信息。

### 十、联 系 方 式

伦理委员会办公室电话：
联系人：
Email：

### 十一、附 件 表 格

- AF/SQ-01/01.0 送审文件清单
- AF/SQ-02/01.0 初始审查申请
- AF/SQ-03/01.0 修正案审查申请
- AF/SQ-04/01.0 年度/定期跟踪审查报告
- AF/SQ-05/01.0 严重不良事件报告
- AF/SQ-06/01.0 违背方案报告
- AF/SQ-07/01.0 暂停/终止研究报告
- AF/SQ-08/01.0 结题报告
- AF/SQ-09/01.0 复审申请
- AF/SL-01/01.0 补充/修改送审材料通知
- AF/SL-02/01.0 受理通知

# 第三部分　标准操作规程

## 第一类　标准操作规程的制定

| 医院伦理委员会 | | 文件编号 | IRB SOP/01.01/01.0 |
|---|---|---|---|
| 编写者 | | 版本号 | 1.0 |
| 审核者 | | 版本日期 | 20110808 |
| 批准者 | | 批准生效日期 | 20110908 |

## 制定标准操作规程

### 1. 目的

为使伦理委员会起草、审核、批准、发布和修订 SOP 的工作有章可循，特制定本规程，以使伦理委员会制定/修订 SOP 的工作符合我国食品药品监督管理局"药物临床试验质量管理规范"（2003 年），"医疗器械临床试验规定"（2004 年），"药物临床试验伦理审查工作指导原则"（2010 年），卫生部"涉及人的生物医学研究伦理审查办法（试行）"（2007 年），国家中医药管理局"中医药临床研究伦理审查管理规范"（2010 年）等法规、政策与指南的规定。

### 2. 范围

本 SOP 适用于伦理委员会起草、审核、批准、发布和修订 SOP 的工作。

### 3. 职责

#### 3.1　伦理委员会秘书

- 组织 SOP 制定/修订工作组。
- 协调 SOP 的撰写、审批、发布工作。
- 现行版本 SOP 的发布与存档，废止 SOP 的处理。
- 培训与执行 SOP。
- 组织 SOP 复审与修订工作。

#### 3.2　SOP 制定/修订工作组

- 列出 SOP 清单，规定格式和编码。
- 组织 SOP 的讨论、撰写、审核。
- 征求、汇总各方意见、修改定稿。
- 定期复审、修订 SOP。

#### 3.3　伦理委员会主任委员

- 审核、批准 SOP。

### 3.4　伦理委员会委员和相关工作人员

- 登录网络阅读最新版本的 SOP。
- 参加 SOP 培训，熟悉并严格遵循 SOP。

### 4. 流程图

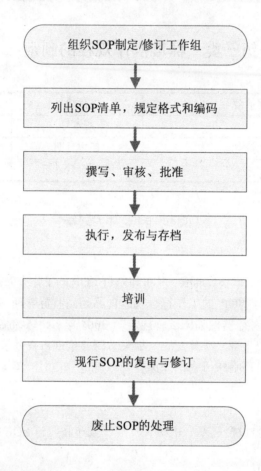

```
┌─────────────────────────────┐
│   组织SOP制定/修订工作组      │
└─────────────────────────────┘
              ↓
┌─────────────────────────────┐
│  列出SOP清单，规定格式和编码  │
└─────────────────────────────┘
              ↓
┌─────────────────────────────┐
│     撰写、审核、批准          │
└─────────────────────────────┘
              ↓
┌─────────────────────────────┐
│     执行，发布与存档          │
└─────────────────────────────┘
              ↓
┌─────────────────────────────┐
│          培训                │
└─────────────────────────────┘
              ↓
┌─────────────────────────────┐
│    现行SOP的复审与修订        │
└─────────────────────────────┘
              ↓
┌─────────────────────────────┐
│      废止SOP的处理           │
└─────────────────────────────┘
```

### 5.　流程的操作细则

#### 5.1　组织 SOP 制定/修订工作组

- 伦理委员会办公室组织合适的人员组成 SOP 制定/修订工作组。
- 工作组成员充分了解伦理审查相关法规与指南，伦理委员会章程与管理制度，伦理审查流程，以及临床研究主要伦理问题的审查要素与审查要点。

#### 5.2　列出 SOP 清单，规定格式和编码

#### 5.2.1　列出 SOP 清单

- 逐条写下伦理委员会操作过程的所有步骤。
- 组织、分解和命名每个步骤，形成 SOP 类别与目录。
- 制定 AF/LB-01/01.0 制度、指南与 SOP 列表，AF/LB-02/01.0 附件表格列表。

#### 5.2.2　规定格式

- 版面：A4 页面，上下边距 2.54cm，左右边距 3.17cm，每行 39 字，每页 40 行；标题四号黑体，正文小标题五号黑体，内容五号宋体，数据与英文字母 Times New Roman。

- 封面页：表头（单位/部门名称，文件编号，编写者，审核者，批准者，版本号，版本日期，批准生效日期）；操作规程项目的名称（中英文）；目录。
- 页眉和页脚：页眉左侧为 SOP 的题目，右侧为文件编号；页脚为当前页码和总页码。
- 正文：目的，范围，职责，流程图，流程的操作细则，相关文件，附件表格。
- 术语，参考文献：SOP 的术语与参考文献独立成章，统一编写。

5.2.3　规定编码系统

- 每个 SOP 都应有文件名（标题）和文件编号，作为该文件的唯一识别码。
- SOP 文件编号规则：以 IRB SOP/XX.ZZ/YY.W 格式命名的唯一编码。XX 是指 SOP 类别的 2 位数字顺序号；ZZ 是指该 SOP 在本类别中的 2 位数字顺序号；YY 是指 SOP 版本号的 2 位数字顺序号，版本号应从 01 开始；W 是指某版本 SOP 的较小修改的 1 位数字顺序号，W 应从 0 开始。例如：IRB SOP/01.01/01.1，是 SOP 01 类别第 1 个文件第 1.1 版（第 1 版的第 1 次较小修改）。
- 附件表格编号规则：以 AF/AA-BB/YY.W 格式命名的唯一编码。AF 是附件表格（Annex Form）的缩写；AA 是表格类别（LB 代表列表类，ZZ 代表组织管理类，SQ 代表申请/报告类，SL 代表方案送审的受理类，SG 代表审查/咨询工作表类，SC 代表审查（秘书用）文件类，JJ 代表监督检查类）；BB 是附件编号的 2 位数字顺序号；YY 是指附件表格版本号的 2 位数字顺序号，版本号应从 01 开始；W 是指某版本 SOP 附件表格的较小修改的 1 位数字顺序号，W 应从 0 开始。例如：AF/SQ-01/01.1，是 SOP 附件表格申请/报告类第 1 个表格第 1.1 版。

5.3　撰写、审核、批准

- SOP 制定工作组讨论 SOP 清单，并达成共识。
- 指定 SOP 工作组某位成员撰写草稿。
- SOP 工作组成员对 SOP 草稿进行讨论。
- 征求 SOP 所涉及工作环节的工作人员、相关委员的意见。
- 汇总各方意见，起草者对 SOP 进行修改。
- SOP 制定工作组组长审核新 SOP 或修订的 SOP。
- 定稿 SOP 呈送主任委员审核、批准。

5.4　执行，发布与存档

- SOP 自批准之日起生效执行。
- 网络发布/更新现行版本 SOP。
- 办公室保存一套亲笔签字的现行版本 SOP 纸质版文件作为 SOP 主文件。
- 办公室保存现行版本 SOP 的电子版。

5.5　培训

- 秘书确认所有的伦理委员会委员和工作人员都已被授权可以登录网络阅读更新的 SOP。
- 秘书查阅委员与工作人员登录与离线时间，督促在线阅读 SOP。
- 组织委员和工作人员参加现行版本 SOP 的培训。
- 组织 SOP 执行情况的检查，保证伦理委员会委员和相关工作人员的工作遵照最新版本的 SOP。

5.6　现行 SOP 的复审与修订

- 复审：伦理委员会办公室每年或应委员/秘书的要求，组织 SOP 制定/修订工作组对 SOP 进行复审。以下情况（不限于）需要对 SOP 进行修改：两个 SOP 存在冲突。需要对某项操作规程进行改进；相关法规/指南的出台，需要相应修改 SOP。
- SOP 的修订、批准、发布、培训与执行程序同新 SOP 制定程序。
- 修订记录：秘书通过网络应用软件系统记录修订情况，内容包括：修订文件名称，文件编号，修订条款，修订的内容，修订原因，修订者，审核者，批准者，版本号，版本日期，批准生效日期。

5.7　废止 SOP 的处理

- 废止的旧版 SOP 主文件封面页注明"废止"字样，由工作人员保存在历史文件库中。
- 其余废止的 SOP 要被收回，并且明确注明"废止"字样，统一销毁。

**6. 相关文件**

**7. 附件表格**

- AF/LB-01/01.0 制度、指南与 SOP 列表
- AF/LB-02/01.0 附件表格列表

# 第二类　组织管理

| 医院伦理委员会 | | 文件编号 | IRB SOP/02.01/01.0 |
| --- | --- | --- | --- |
| 编写者 | | 版本号 | 1.0 |
| 审核者 | | 版本日期 | 20110808 |
| 批准者 | | 批准生效日期 | 20110908 |

## 培　　训

### 1. 目的
为使伦理委员会制定培训计划、培训经费预算与培训实施的工作有章可循，特制定本规程，以不断提高伦理委员会委员的审查能力，委员/工作人员执行 SOP 的能力，研究各方保护受试者的能力。

### 2. 范围
本SOP适用于伦理委员会委员/工作人员、独立顾问、医院相关部门的管理人员以及研究人员的研究伦理相关的培训工作。

### 3. 职责
#### 3.1　伦理委员会秘书
- 负责制定培训计划。
- 编制/申请年度培训经费预算。
- 谨慎地利用各种资源，提供尽可能多的培训机会。
- 组织实施培训计划。
- 记录培训情况。

#### 3.2　伦理委员会委员/独立顾问与工作人员，机构相关部门的管理人员，研究人员
- 新委员在加入伦理委员会之前必须经过培训。
- 有责任定期接受研究伦理相关的继续教育和培训，提高保护研究受试者的能力。

### 4. 流程图

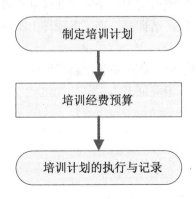

**5. 流程的操作细则**

**5.1　制定培训计划**

- 办公室制定新委员的初始培训计划，制定每年的年度培训计划。
- 培训对象：伦理委员会委员/独立顾问与工作人员，机构相关部门的管理人员，研究人员。
- 培训方式：派出培训，医院内部培训。
- 培训主题包括（但不限于）。
    ◇ 相关法律法规。
    ◇ 相关研究伦理指南。
    ◇ 伦理委员会管理制度：章程，利益冲突政策，会议规则等。
    ◇ 伦理委员会标准操作规程。
    ◇ 基本的研究设计与方法；不同的研究设计与研究目的对研究伦理问题的影响。
    ◇ 涉及人的研究项目主要伦理问题的审查考量；以及不同伦理考量之间的权衡。
    ◇ 不同研究设计类型（实验性研究，回顾性观察性研究，前瞻性观察性研究等）和伦理审查类别（初始审查、跟踪审查、复审）的主要伦理问题的审查要素、审查要点。

**5.2　培训经费预算**

- 伦理委员会办公室每年编制/申请培训经费预算。
- 培训与学术交流活动经费也可从继续教育经费、科研课题经费列支。
- 谨慎地利用各种资源，提供尽可能多的培训机会。
- 经费使用按医院财务管理规定、继续教育经费管理规定、科研经费管理规定执行。

**5.3　培训计划的执行与记录**

- 新委员的初始培训：办公室分发相关法律法规和研究伦理指南书面材料，确认新委员已被授权可以登录网络阅读 SOP；查阅新委员登录与离线时间，督促在线阅读 SOP；组织临床研究主要伦理问题审查的培训讲座。
- 组织内部培训：办公室邀请专家主题讲座；通知委员与工作人员、独立顾问、机构相关部门的管理人员，研究人员参加；准备会场、投影与扩音设备；做好培训服务工作。
- 组织派出培训：发布研究伦理相关的继续教育培训项目、学术交流活动信息；预算经费、赞助经费由办公室组织实施；培训经费从继续教育经费、科研经费列支项目由其责任者组织实施；派出培训的培训证书原件由本人保存，培训证书扫描电子文件交办公室存档。
- 培训记录：秘书通过网络应用软件系统记录培训情况，内容包括：日期，培训主题与内容，参加人员，上传培训证书。

**6. 相关文件**

**7. 附件表格**

| 医院伦理委员会 | | 文件编号 | IRB SOP/02.02/01.0 |
|---|---|---|---|
| 编写者 | | 版本号 | 1.0 |
| 审核者 | | 版本日期 | 20110808 |
| 批准者 | | 批准生效日期 | 20110908 |

# 独立顾问的选聘

## 1. 目的

为使独立顾问的选聘、咨询工作有章可循，特制定本规程，以从程序上保证伦理审查咨询工作的质量。

## 2. 范围

本 SOP 适用于独立顾问的选聘，顾问咨询，顾问信息管理的工作。

## 3. 职责

### 3.1　伦理委员会秘书

- 提议/推荐独立顾问，说明需要咨询的问题。
- 选聘独立顾问，并授权。
- 送达/回收咨询文件，开放/关闭项目咨询的网络权限。
- 咨询文件的存档。
- 维护专家库信息。

### 3.2　主审委员

- 提议/推荐独立顾问，说明需要咨询的问题。

### 3.3　独立顾问

- 受邀参加研究项目的咨询，主动声明与咨询项目是否存在利益冲突。
- 审阅咨询项目材料，填写咨询工作表。
- 受邀参加审查会议，陈述意见，进入审查决定程序退出会议，不具有投票权。
- 对咨询项目负有保密义务。

## 4. 流程图

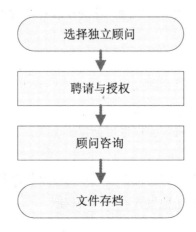

**5. 流程的操作细则**

**5.1　选择独立顾问**

- 提议

　　◇ 秘书处理送审项目时，或主审委员审查时认为，委员专业知识不能胜任某临床研究项目的审查，或某临床研究项目的受试者与委员的社会与文化背景明显不同时，可以建议聘请独立顾问，并说明需要咨询的审查问题。

　　◇ 聘请独立顾问的建议需经办公室主任同意。

- 选择

　　◇ 秘书根据需要咨询的审查问题与拟聘独立顾问的专业领域（医学专家或研究方法学专家；伦理或法律方面的专家；特殊疾病人群、特定地区人群/族群代表，等），从专家库或根据专家推荐选择独立顾问。

- 联系确定

　　◇ 秘书联系独立顾问候选人，询问本人是否愿意接受聘请、时间是否适合、与审查项目是否存在利益冲突，确定独立顾问人选。

**5.2　聘请与授权**

- 秘书向独立顾问正式发出聘请邀请，说明授权范围与义务：

　　◇ 邀请：参加审查会议的日期与地点。

　　◇ 授权范围：对临床研究项目的某方面问题提供咨询意见；不具有表决权。

　　◇ 义务：提交本人履历，以及资质证明材料；签署 AF/ZZ-01/01.0 利益冲突声明，AF/ZZ-02/01.0 保密承诺。

**5.3　顾问咨询**

- 送达咨询材料

　　◇ 咨询项目的申请/报告，临床试验方案，知情同意书，以及与咨询问题相关的其它材料。

　　◇ 独立顾问咨询工作表。

　　◇ 确认独立顾问已被授权可以登录网络应用软件系统查阅咨询项目的材料，填写咨询工作表。

- 咨询

　　◇ 审阅项目材料，在审查会前完成填写 AF/SG-16/01.0 独立顾问咨询工作表。

　　◇ 受邀参加伦理审查会议，陈述意见。

　　◇ 没有投票权，在审查决定程序退出会议。

- 回收文件

　　◇ 将审查材料和独立顾问咨询工作表返还伦理委员会秘书。

　　◇ 项目咨询完成后，关闭项目咨询的网络权限。

5.4 文件存档

- 独立顾问档案：独立顾问履历与专业资格证明文件，保密承诺，利益冲突声明。

- 项目档案：独立顾问咨询工作表。

- 维护专家库：秘书通过网络应用软件系统维护独立顾问专家库的信息，维护联系方式。

## 6. 相关文件

## 7. 附件表格

- AF/ZZ-01/01.0 利益冲突声明

- AF/ZZ-02/01.0 保密承诺

- AF/SG-16/01.0 独立顾问咨询工作表

# 第三类　伦理审查方式

| 医院伦理委员会 | | 文件编号 | IRB SOP/03.01/01.0 |
|---|---|---|---|
| 编写者 | | 版本号 | 1.0 |
| 审核者 | | 版本日期 | 20110808 |
| 批准者 | | 批准生效日期 | 20110908 |

## 会 议 审 查

### 1. 目的

为使伦理委员会会议审查的主审、预审、会议审查、决定的程序、决定的类别和决定的依据等工作有章可循，特制定本规程，以从程序上保证伦理委员会的会议审查、紧急会议审查工作的质量。

### 2. 范围

本 SOP 适用于采用会议或紧急会议的方式进行审查的所有项目，是对与审查相关的操作进行规定，包括主审、预审、会议审查、决定的程序、决定的类别和决定的依据等。

对送审项目应该采用什么方式（会议审查、紧急会议审查、快速审查）进行审查，参照 IRB SOP/04.02/01.0 研究项目的处理执行。

审查会议的办公室服务性管理工作，主任委员主持会议的程序性工作，参照 IRB SOP/08.01/01.0 审查会议的管理执行。

### 3. 职责

#### 3.1　伦理委员会秘书

- 选择主审委员/独立顾问，准备审查/咨询文件。
- 会前向委员送达审查材料预审。
- 向会议报告到会人数，报告上次会议记录和快审项目。
- 汇总决定意见，并向会议报告。

#### 3.2　主审委员

- 会前审查主审项目的送审文件，填写主审工作表。
- 会议审查作为主要发言者，提问和发表审查意见。

#### 3.3　独立顾问

- 会前审查咨询项目的送审文件，填写咨询工作表。
- 受邀参加审查会议，陈述意见。

#### 3.4　委员

- 会前对审查项目进行预审。
- 参加审查会议，审查每一项目，提问和发表审查意见。

- 以投票方式做出审查决定。

**4.流程图**

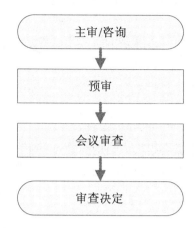

**5.流程的操作细则**

5.1　主审/咨询

- 选择主审委员/独立顾问
  ◇ 主审委员的选择：主要基于研究项目专业、相关伦理问题与候选人专业领域、社会文化背景相符，以及审查的一致性的考虑；选择医药专业背景委员主审研究方案；优先选择非医药专业背景委员主审知情同意书；复审、跟踪审查优先选择该项目的初审委员。
  ◇ 主审委员的人数：选择1~2名委员主审；初始审查选择2名主审委员；"复审"对"作必要的修正后同意"的审核确认、结题审查可以选择1名主审委员；其它审查类别则根据情况选择1~2名主审委员。
  ◇ 独立顾问的选择：主要基于需要咨询的审查问题与候选人专业领域与社会文化背景相符的考虑。
  ◇ 独立顾问的人数：一般选择1~2名独立顾问。
  ◇ 利益冲突：避免选择与研究项目有利益冲突的委员/独立顾问。
- 准备审查/咨询文件
  ◇ 为主审委员准备主审项目的整套送审文件，以及相应的审查工作表。
  ◇ 为独立顾问准备咨询项目的相关送审文件，以及咨询工作表。
  ◇ 确认主审委员/独立顾问已被授权可以登录网络应用软件系统查阅主审/咨询项目的材料，填写主审/咨询工作表。
- 主审/咨询
  ◇ 主审委员：在会议前审查送审材料；根据方案的研究设计类型和伦理审查类别的审查要素与审查要点，审查每一项研究，并填写审查工作表。
  ◇ 独立顾问：在会议前审查送审文件；根据需要咨询的问题进行审阅，提供咨询意见，并填写咨询工作表。

5.2　预审

- 送达审查材料

&#x2756; 审查材料于会议前（一般提前 3 天）送达参会委员，并附会议议程/日程。

&#x2756; 紧急会议应尽量争取提前送达会议审查材料；如果时间不允许提前送达会议审查材料，可以会上分发。

&#x2756; 确认参会委员已被授权可以登录网络应用软件系统查阅审查项目的材料。

- 预审

&#x2756; 委员在会议前预审送审材料。

### 5.3　会议审查

- 符合法定到会人数

&#x2756; 到会委员超过伦理委员会组成人员的半数，并不少于 5 人。

&#x2756; 到会委员应包括医药专业、非医药专业、独立于研究实施机构之外的委员，以及不同性别的委员。

- 会议报告项目的审查

&#x2756; 秘书报告上次会议记录，委员审查，如果委员对会议记录提出修改意见，秘书应记录，并根据委员的审查意见修改。

&#x2756; 秘书报告快速审查项目，委员审查，如果委员对快速审查项目的审查意见提出异议，该项目进入会议审查。

- 会议审查项目的审查

&#x2756; 听取申请人报告。

&#x2756; 提问并听取答疑。

&#x2756; 根据方案的研究设计类型和伦理审查类别的审查要素与审查要点，审查每一项研究。

### 5.4　审查决定

#### 5.4.1　决定的程序

- 送审文件齐全。
- 符合法定到会人数。
- 申请人、独立顾问、与研究项目存在利益冲突的委员离场。
- 有充分的时间按审查程序和审查要点进行审查；到会委员通过充分讨论，尽可能达成一致意见。
- 以投票方式做出决定；没有参加该项目会议讨论的委员不能投票。
- 以超过到会委员半数票的意见作为审查决定。
- 秘书汇总投票单，填写"会议决定表"，向会议报告投票结果。

#### 5.4.2　审查决定的类别

- 是否批准研究项目

&#x2756; 同意，作必要的修正后同意，作必要的修正后重审，不同意，终止或暂停已批准的研究。

- 跟踪审查频率

&#x2756; 根据研究的风险程度，确定跟踪审查的频率，最长不超过 12 个月。

- 伦理审查批件的有效期

◇ 批件有效期：初始审查以及（初始审查后的）复审，审查决定为"同意"，批件的有效期可以由办公室主任决定采用以下何种方式确定：①根据临床研究预期的周期；②与跟踪审查频率相同。

◇ 延长批件有效期：如果批件有效期到期，研究进展报告提出"延长批件有效期"申请，年度/定期跟踪审查的决定为"同意"，由办公室主任决定延长批件有效期的时限。

### 5.4.3　是否批准研究项目的依据

- 同意：必须至少符合以下标准
  ◇ 研究具有科学和社会价值。
  ◇ 对预期的试验风险采取了相应的风险控制管理措施。
  ◇ 受试者的风险相对于预期受益来说是合理的。
  ◇ 受试者的选择是公平和公正的。
  ◇ 知情同意书告知信息充分，获取知情同意过程符合规定。
  ◇ 如有需要，试验方案应有充分的数据与安全监察计划，以保证受试者的安全。
  ◇ 保护受试者的隐私和保证数据的保密性。
  ◇ 涉及弱势群体的研究，具有相应的特殊保护措施。

- 作必要的修正后同意
  ◇ 需要做出明确具体的、较小的修改或澄清的研究项目。
  ◇ 申请人修改后再次送审，可以采用快速审查的方式进行审查。

- 作必要的修正后重审
  ◇ 需要补充重要的文件材料，或需要做出重要的修改，或提出原则性的修改意见，修改的结果具有很大的不确定性。
  ◇ 申请人修改后再次送审，需采用会议审查的方式进行审查。

- 不同意
  ◇ 研究本身是不道德的。
  ◇ 即使通过修改方案或补充资料信息，也无法满足"同意"研究的标准。

- 终止或暂停已批准的研究
  ◇ 研究项目不再满足或难以确定是否继续满足"同意"研究的标准。
  ◇ 研究过程中出现重大问题，需要暂停后进行再次评估。
  ◇ 终止或暂停已批准研究的情况包括（但不限于）：涉及受试者或其它人风险的非预期重大问题；情节严重或持续的违背方案。

## 6. 相关文件

- IRB SOP/04.02/01.0 研究项目的处理
- IRB SOP/08.01/01.0 审查会议的管理

## 7. 附件表格

| 医院伦理委员会 | | 文件编号 | IRB SOP/03.02/01.0 |
|---|---|---|---|
| 编写者 | | 版本号 | 1.0 |
| 审核者 | | 版本日期 | 20110808 |
| 批准者 | | 批准生效日期 | 20110908 |

# 快 速 审 查

## 1. 目的

为使伦理委员会快速审查的主审、主审综合意见的处理、会议报告等工作有章可循，特制定本规程，以从程序上保证伦理委员会的快速审查工作的质量。

## 2. 范围

本 SOP 适用于采用快速审查的方式进行审查的所有项目，是对与审查相关的操作进行规定，包括主审、主审综合意见的处理、会议报告的程序等。

对送审项目应该采用什么方式（会议审查、紧急会议审查、快速审查）进行审查，参照 IRB SOP/04.02/01.0 研究项目的处理执行。

## 3. 职责

### 3.1　伦理委员会秘书

- 选择主审委员，准备审查文件。
- 汇总主审委员的审查意见，提交下次会议报告，或转为会议审查。

### 3.2　主审委员

- 审查主审项目的送审文件，填写主审工作表。
- 5 个工作日完成审查，返还审查材料。

### 3.3　主任委员

- 审核快速审查意见，签发决定文件。

## 4. 流程图

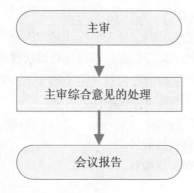

## 5. 流程的操作细则

### 5.1　主审

- 选择主审委员

&#9671; 主审委员的选择：主要基于研究项目专业、相关伦理问题与候选人专业领域、社会文化背景相符，以及审查的一致性的考虑；选择医药专业背景委员主审研究方案；优先选择非医药专业背景委员主审知情同意书；复审、跟踪审查优先选择该项目的初审委员。

&#9671; 主审委员的人数：选择 1~2 名委员主审；"初始审查"选择 2 名委员主审；"复审"对"作必要的修正后同意"的审核确认、结题审查可以选择 1 名委员审查；预期严重不良事件的审查，可以指定 1 名委员审查，或优先选择该项目的初审委员；其它审查类别则根据情况选择 1~2 名委员。

&#9671; 利益冲突：避免选择与研究项目有利益冲突的委员。

• 准备审查文件

&#9671; 为主审委员准备审查项目的整套送审文件，以及相应的审查工作表。

&#9671; 自受理日起，2 个工作日内送达主审材料。

&#9671; 确认主审委员已被授权可以登录网络应用软件系统查阅主审项目的材料，填写主审工作表。

• 审查

&#9671; 根据方案的研究设计类型和伦理审查类别的审查要素与审查要点，必要时参照前次审查意见，审查每一项研究。

&#9671; 填写审查工作表。

• 主审意见

&#9671; 是否批准研究项目：同意，作必要的修正后同意，作必要的修正后重审，不同意，终止或暂停已批准的研究。

&#9671; 是否更改审查方式：提交会议审查。

&#9671; 跟踪审查频率：根据研究的风险程度，确定跟踪审查的频率，最长不超过 12 个月。

• 主审时限

&#9671; 5 个工作日完成主审。

• 返还审查文件

&#9671; 主审委员将整套送审文件、填写完成的审查工作表返还秘书。

### 5.2 主审综合意见的处理

• 秘书汇总主审委员的审查意见，填写 AF/SC-05/01.0 快审主审综合意见。

• 审查意见一致，均为"同意"

&#9671; 主任委员审核、签发"同意"的决定文件。

&#9671; 该快速审查项目安排在下次审查会议上报告。

&#9671; 伦理审查批件有效期：初始审查以及（初始审查后的）复审，审查决定为"同意"，批件的有效期可以由办公室主任根据以下方式确定：①根据临床研究预期的周期；②与跟踪审查频率相同。

• 审查意见一致，均为"作必要的修正后同意"

&#9671; 主任委员审核、签发"作必要的修正后同意"的决定文件。

　　　　◇ 该快速审查项目安排在下次审查会议上报告。
- 审查意见不一致，1 个"同意"，1 个"作必要的修正后同意"。
　　　　◇ 办公室协调主审委员沟通审查意见，尽量达成一致。
　　　　◇ 如果主审委员意见达成一致，按一致的主审意见处理。
　　　　◇ 如果主审委员意见不一致，该快速审查项目的审查方式转为会议审查。
- 审查意见有："作必要的修正后重审"，"不同意"，"终止或暂停已批准的研究"，"提交会议审查"。
　　　　◇ 该快速审查项目的审查方式转为会议审查。
- 处理时限
　　　　◇ 自快审主审完成日起，3 个工作日完成主审综合意见的处理。

## 5.3　会议报告

- 参会委员没有提出异议，该项目审查结束，文件存档。
- 如果参会委员对所报告的快速审查项目的审查意见提出异议，该项目进入会议审查。
- 项目审查完成后，关闭项目审查的网络权限。

## 6. 相关文件

- IRB SOP/04.02/01.0 研究项目的处理

## 7. 附件表格

- AF/SC-05/01.0 快审主审综合意见

# 第四类　方案送审的管理

| 医院伦理委员会 | | 文件编号 | IRB SOP/04.01/01.0 |
|---|---|---|---|
| 编写者 | | 版本号 | 1.0 |
| 审核者 | | 版本日期 | 20110808 |
| 批准者 | | 批准生效日期 | 20110908 |

## 研究项目的受理

### 1. 目的
为使伦理委员会办公室对送审材料的形式审查、发送补充/修改或受理通知、送审文件管理的工作有章可循，特制定本规程，以保证研究项目送审管理的受理阶段的工作质量。

### 2. 范围
本 SOP 适用于研究项目送审管理的受理阶段的工作。

指导申请人如何提交研究项目的伦理审查申请/报告，参照 IRB SQ/01.01/01.0 伦理审查申请/报告指南执行。

### 3. 职责
伦理委员会秘书、工作人员：
- 对研究项目送审材料进行形式审查。
- 根据形式审查结果，当场发送补充/修改送审材料通知，或受理通知。
- 对受理的送审文件进行建档/存档、待审的管理。

### 4. 流程图

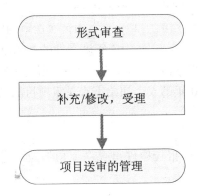

### 5. 流程的操作细则
5.1　形式审查
- 申请/报告类别：正确选择伦理审查申请/报告的类别：
  ◇ 初始审查申请，修正案审查申请。

◇ 研究进展报告，严重不良事件报告，违背方案报告，暂停/终止研究报告，结题报告。

◇ 复审申请。

- 送审文件的完整性

◇ 根据 AF/SQ-01/01.0 送审文件清单的不同伦理审查申请/报告类别，审核送审文件是否齐全。

◇ 研究方案、知情同意书、招募材料应上传 PDF 格式电子文件；研究项目书面文件的名称与电子文件一致。

- 送审文件的要素

◇ 申请/报告表填写完整，申请人签名并注明日期。

◇ 研究方案与知情同意书的版本号/版本日期标注正确，若修正方案或知情同意书应更新版本号/版本日期。

◇ 研究方案的要素符合 GCP 规定；科研项目申请标书不能代替临床研究方案。

◇ 知情同意书的要素符合 GCP 规定。

◇ 主要研究者经过 GCP 培训。

◇ 主要研究者履历信息齐全，确认已更新，本人签名并注明日期。

- 申请人根据"补充/修改送审材料通知"的再次送审，则据此审核补充/修改送审文件的完整性和要素。

### 5.2 补充/修改，受理

- 补充/修改送审材料通知：送审文件不完整，文件要素有缺陷，当场发送 AF/SL-01/01.0 补充/修改送审材料通知，告知缺项文件、缺陷的要素，以及最近的审查会议前的送审截止日期。

- 受理通知：送审文件的完整性和要素通过形式审查，当场发送 AF/SL-02/01.0 受理通知，并告知预定审查日期；受理通知标注受理号。

◇ 受理号的编码规则：格式为"20＊＊–＊＊＊–＊＊"。

◇ 编码规则说明：①主字段："20＊＊"为首次送审的年份，同一项目该字段不变；②项目序列字段"–＊＊＊"：为该年度受理的初始审查项目的序列号，同一项目该字段不变；③后缀字段"–＊＊"：为同一项目历次送审受理的序列号。例如，2010-005-01 为 2010 年第 5 个初始审查送审项目的第 1 次受理。

### 5.3 项目送审的管理

- 加盖受理章

◇ 送审文件中的申请表/报告原件首页左上角加盖"受理章"，受理人签名并注明日期。

- 送审项目登记

◇ 建立"送审项目登记"电子文件，信息字段包括（但不限于）：项目名称，主要研究者，申请/报告类别，受理号，受理日期，审查方式，审查日期，审查决定，决定文件签发日期，跟踪审查截止日期，批件有效期截止日期。

◇ 按审查进程，及时记录送审项目的相关信息。

- 建档/存档
  ◇ 首次送审文件按项目建档。
  ◇ 再次送审文件按项目存档。
- 待审
  ◇ 送审文件副本（如有）存放在伦理委员会"送审"文件柜，等待提交审查。

## 6. 相关文件

- IRB SQ/01.01/01.0 伦理审查申请/报告指南

## 7. 附件表格

- AF/SQ-01/01.0 送审文件清单
- AF/SL-01/01.0 补充/修改送审材料通知
- AF/SL-02/01.0 受理通知

| 医院伦理委员会 | | 文件编号 | IRB SOP/04.02/01.0 |
|---|---|---|---|
| 编写者 | | 版本号 | 1.0 |
| 审核者 | | 版本日期 | 20110808 |
| 批准者 | | 批准生效日期 | 20110908 |

# 研究项目的处理

## 1. 目的

为使伦理委员会办公室对送审材料的审查方式、审查准备的工作有章可循，特制定本规程，以保证研究项目送审管理的处理阶段的工作质量。

## 2. 范围

本 SOP 适用于研究项目送审管理的处理阶段的工作。所谓处理阶段是指送审项目的受理之后、审查之前的阶段。该阶段的主要工作是决定送审项目的审查方式（会议审查、紧急会议审查、快速审查），以及审查的准备工作。

## 3. 职责

伦理委员会秘书、工作人员：

• 决定研究项目的审查方式。

• 为会议审查、快速审查做准备工作。

## 4. 流程图

## 5. 流程的操作细则

5.1　决定审查方式：根据以下标准，决定送审项目的审查方式

• 会议审查的标准

　◇ 首次提交伦理审查的临床研究项目，一般应采用会议审查方式。

　◇ 伦理审查意见为"作必要的修正后重审"，再次送审的项目。

　◇ 伦理审查意见为"作必要的修正后同意"，申请人没有按伦理审查意见进行修改，并对此进行了说明，秘书认为有必要提交会议审查的项目。

　◇ 本中心发生的与研究干预相关的、非预期的严重不良事件。

　◇ 其它中心发生的严重不良事件，可能需要重新评估研究的风险与受益。

　◇ 违背方案审查。

　◇ 其它不符合快速审查标准的情况。

• 紧急会议审查的标准

　◇ 研究过程中出现重大或严重问题，危及受试者安全。

      ◇ 其它需要伦理委员会召开会议进行紧急审查和决定的情况。
- 快速审查的标准
  - ◇ 研究风险不大于最小风险，不涉及弱势群体和个人隐私及敏感性问题，且研究步骤仅限于：
    - ⮝ 手指、脚后跟、耳垂的血样采集。
    - ⮝ 静脉采血则需在考虑年龄、体重、健康状况、采血程序、采血总量和采血频率等因素后，判断不大于最小风险。
    - ⮝ 通过无创手段、前瞻性采集用于研究的生物学标本（如头发、指甲、唾液、痰液等）。
    - ⮝ 通过临床实践常规的非侵入性手段进行的数据采集（不涉及全麻、镇静、X线或微波的手段；如果使用医疗器械，必须是经过批准上市的医疗器械，如磁共振成像、心电图、脑电图、温度计、超声、红外诊断成像、多普勒血液流变、超声心动图等）。
    - ⮝ 利用既往收集的材料（数据、文件、记录或标本）的研究。
    - ⮝ 因研究目的而进行的声音、视频、数字或者影像记录的数据采集。
    - ⮝ 采用调查、访谈方法的研究。
  - ◇ 伦理审查意见为"作必要的修正后同意"，按伦理委员会的审议意见修改方案后，再次送审的项目。
  - ◇ 临床研究方案的较小修正，不影响研究的风险受益比。
  - ◇ 尚未纳入受试者的研究项目的年度/定期跟踪审查和暂停/终止研究审查。
  - ◇ 已完成干预措施的研究项目的年度/定期跟踪审查。
  - ◇ 本中心发生的与研究干预无关的严重不良事件。
  - ◇ 本中心发生的预期严重不良事件。
  - ◇ 其它中心发生的严重不良事件，对预期的研究风险与受益没有产生显著影响。
  - ◇ 结题审查。
  - ◇ 本院为多中心临床研究的参加单位，同时满足以下条件，本伦理委员会则接受组长单位伦理委员会的审查意见，可采用快速审查的方式，重点审查本院研究实施的条件
    - ⮝ 方案已经获得组长单位伦理委员会批准。
    - ⮝ 组长单位伦理委员会已经通过国际认证。
- 转为会议审查
  - ◇ 快审审查意见有："作必要的修正后重审"，"不同意"，"终止或暂停已批准的研究"，"提交会议审查"，则转为会议审查的方式。

### 5.2　审查的准备

#### 5.2.1　会议审查、紧急会议审查的准备

- 主审/咨询准备
  - ◇ 选择主审委员/独立顾问。
  - ◇ 准备审查文件和审查工作表。

       ◇ 准备咨询文件和咨询工作表。

- 预审准备

       ◇ 会议审查材料提前 3 天送达参会委员预审，并附会议议程/日程。

       ◇ 紧急会议审查材料提前送达参会委员预审，并附会议议程/日程；如果时间不允许提前送达会议审查材料，可以会上分发。

- 会议审查的安排

       ◇ 待审项目：按照"先送先审"的原则，安排会议议程的会议审查项目。

5.2.2　快速审查的准备

- 主审准备

       ◇ 选择主审委员。

       ◇ 准备审查文件。

6. 相关文件

7. 附件表格

# 第五类 审 查

| 医院伦理委员会 | | 文件编号 | IRB SOP/05.01/01.0 |
| --- | --- | --- | --- |
| 编写者 | | 版本号 | 1.0 |
| 审核者 | | 版本日期 | 20110808 |
| 批准者 | | 批准生效日期 | 20110908 |

## 初 始 审 查

### 1. 目的

为使伦理委员会初始审查的受理、处理、审查、传达决定、文件存档的工作有章可循，特制定本规程，以从程序上保证初始审查工作的质量。

### 2. 范围

药物/医疗器械临床试验项目、涉及人的临床研究科研项目，应在研究开始前提交伦理审查申请，经批准后方可实施。"初始审查申请"是指首次向伦理委员会提交的审查申请。

本 SOP 适用于伦理委员会对初始审查申请所进行的初始审查。

### 3. 职责

3.1 伦理委员会秘书

• 受理送审材料。

• 处理送审材料。

• 为委员审查工作提供服务。

• 传达决定。

• 文件存档。

3.2 主审委员

• 会前审查主审项目的送审文件，填写主审工作表。

• 会议审查作为主要发言者，提问和发表审查意见。

3.3 独立顾问

• 会前审查咨询项目的送审文件，填写咨询工作表。

• 受邀参加审查会议，陈述意见。

3.4 委员

• 会前对审查项目进行预审。

• 参加审查会议，审查每一项目，提问和发表审查意见。

• 以投票方式做出审查决定。

3.5 主任委员

• 主持审查会议。

- 审签会议记录。
- 审核、签发审查决定文件。

### 4. 流程图

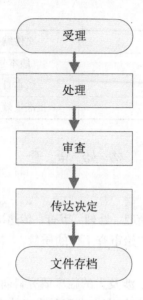

```
┌──────────────┐
│     受理     │
└──────────────┘
       │
       ▼
┌──────────────┐
│     处理     │
└──────────────┘
       │
       ▼
┌──────────────┐
│     审查     │
└──────────────┘
       │
       ▼
┌──────────────┐
│   传达决定   │
└──────────────┘
       │
       ▼
┌──────────────┐
│   文件存档   │
└──────────────┘
```

### 5. 流程的操作细则

5.1　受理

- 形式审查
  - ◇ 送审文件的完整性
    - ➤ 药物临床试验初审的送审文件包括：初始审查申请，临床研究方案，知情同意书，招募受试者的材料，病例报告表，研究者手册，主要研究者专业履历及研究人员名单、职责分工，组长单位伦理委员会批件，其它伦理委员会对申请研究项目的重要决定，国家食品药品监督管理局临床研究批件，其它。
    - ➤ 医疗器械临床试验初审的送审文件包括：初始审查申请，临床研究方案，知情同意书，招募受试者的材料，病例报告表，研究者手册，医疗器械说明书，注册产品标准或相应的国家、行业标准，产品质量检测报告，医疗器械动物实验报告，主要研究者专业履历及研究人员名单、职责分工，其它伦理委员会对申请研究项目的重要决定，国家食品药品监督管理局临床研究批件，其它。
    - ➤ 临床科研项目初审的送审文件包括：初始审查申请，临床研究方案，知情同意书，招募受试者的材料，病例报告表，研究者手册，主要研究者专业履历及研究人员名单、职责分工，组长单位伦理委员会批件，其它伦理委员会对申请研究项目的重要决定，科研项目批文/任务书，其它。
  - ◇ 送审文件的要素
    - ➤ 初始审查申请表填写完整，申请人签名并注明日期。
    - ➤ 研究方案与知情同意书的版本号/版本日期标注正确。
    - ➤ 研究方案的要素符合 GCP 规定；科研项目申请标书不能代替临床研究方案。

> ▲ 知情同意书的要素符合 GCP 规定。
> ▲ 主要研究者经过 GCP 培训。
> ▲ 主要研究者履历信息齐全，是最新的，本人签名并注明日期。

- 补充/修改，受理，以及送审文件管理：参照 IRB SOP/04.01/01.0 研究项目的受理执行。

### 5.2　处理

#### 5.2.1　决定审查方式：根据以下标准，决定送审项目的审查方式。

- 会议审查的标准
  - ✧ 首次提交伦理审查的临床研究项目，一般应采用会议审查方式。
- 快速审查的标准
  - ✧ 研究风险不大于最小风险，不涉及弱势群体和个人隐私及敏感性问题，且研究步骤仅限于：
    - ▲ 手指、脚后跟、耳垂的血样采集；静脉采血则需在考虑年龄、体重、健康状况、采血程序、采血总量和采血频率等因素后，判断不大于最小风险。
    - ▲ 通过无创手段、前瞻性采集用于研究的生物学标本（如头发、指甲、唾液、痰液等）。
    - ▲ 通过临床实践常规的非侵入性手段进行的数据采集（不涉及全麻、镇静、X 线或微波的手段；如果使用医疗器械，必须是经过批准上市的医疗器械，如磁共振成像、心电图、脑电图、温度计、超声、红外诊断成像、多普勒血液流变、超声心动图等）。
    - ▲ 利用既往收集的材料（数据、文件、记录或标本）的研究。
    - ▲ 因研究目的而进行的声音、视频、数字或者影像记录的数据采集。
    - ▲ 采用调查、访谈方法的研究。
  - ✧ 本院为多中心临床试验的参加单位，同时满足以下条件，本伦理委员会则接受组长单位伦理委员会的审查意见，可采用快速审查的方式，重点审查本院研究实施的条件。
    - ▲ 方案已经获得组长单位伦理委员会批准。
    - ▲ 组长单位伦理委员会已经通过国际认证。
- 转为会议审查
  - ✧ 快审主审意见有："作必要的修正后重审"，"不同意"，"提交会议审查"，则转为会议审查的方式。

#### 5.2.2　审查的准备

- 主审/咨询准备
  - ✧ 主审委员的选择：每个项目选择 2 名主审委员：选择医药专业背景委员主审研究方案；优先选择非医药专业背景委员主审知情同意书。
  - ✧ 准备审查文件：为主审委员准备主审项目的整套送审文件；根据研究设计类型，为主审方案的委员准备相应的 AF/SG-01/01.0 ～ AF/SG-03/01.0 方案审查工作表。根据研究设计类型，以及是否涉及紧急情况下无法获得知情同意的研究，是否申

请免除知情同意、免除知情同意签字，为主审知情同意的委员准备相应的
AF/SG-04/01.0 ~ AF/SG-07/01.0 知情同意审查工作表。

　◇ 独立顾问的选择：主要基于需要咨询的审查问题与候选人专业领域与社会文化背
景相符的考虑；一般选择 1~2 名独立顾问。

　◇ 准备咨询文件：为独立顾问准备咨询项目的相关送审文件，以及 AF/SG-016/01.0
咨询工作表。

• 预审准备，会议审查的安排，会议报告的安排：参照 IRB SOP/04.02/01.0 研究项目
的处理执行。

5.3　审查

• 审查程序

　◇ 会议审查：参照 IRB SOP/03.01/01.0 会议审查执行。

　◇ 快速审查：参照 IRB SOP/03.02/01.0 快速审查执行。

• 审查要素

　◇ 研究的科学设计与实施。

　◇ 研究的风险与受益。

　◇ 受试者的招募。

　◇ 知情同意书告知的信息。

　◇ 知情同意的过程。

　◇ 受试者的医疗和保护。

　◇ 隐私和保密。

　◇ 弱势群体的考虑。

　◇ 特殊疾病人群、特定地区人群/族群的考虑。

• 审查决定

　◇ 是否批准研究项目：同意，作必要的修正后同意，作必要的修正后重审，不同意；

　◇ 跟踪审查频率：根据研究的风险程度，确定跟踪审查的频率，最长不超过 12 个
月。

　◇ 伦理审查批件的有效期：审查决定为"同意"，批件的有效期可以由办公室主任
决定采用以下何种方式确定：①根据临床研究预期的周期；②与跟踪审查频率
相同。

　◇ （快速审查）是否更改审查方式：提交会议审查。

　◇ 我院为多中心临床研究的参加单位，组长单位已经批准了研究项目，我院审查认
为可能需要对方案进行某些修改，或可能需要做出否定性决定，但审查会议认为
有必要先了解组长单位伦理委员会对这些问题的考虑，可以暂时休会，与多中心
临床研究组长单位伦理委员会沟通交流后，再次开会讨论决定。

5.4　传达决定：参见 IRB SOP/06.01/01.0 审查决定的传达

• 肯定性决定：以"伦理审查批件"的形式传达，并附"伦理委员会成员表副本"；如
果采用会议审查的方式，还要附"会议签到表副本"；如果采用快速审查的方式，附
下次会议报告的"会议签到表副本"。

- 条件性或否定性决定：以"伦理审查意见"的形式传达，并附伦理委员会成员表副本。
- 传达时限：在审查决定后 5 个工作日内完成决定的传达。

5.5　文件存档

- 审查过程中形成、积累、保存的文件，按审查阶段及时归档，建立/更新项目档案目录。
- 加盖批准章：经伦理审查批准的研究方案、知情同意书的右上角加盖"批准章"，注明批件号、批准日期和有效期。
- 会议审查的项目存档文件：项目送审文件，方案审查工作表，知情同意书审查工作表，会议签到表复印件，会议决定表（投票单），会议记录副本，伦理审查决定文件。
- 快速审查的项目存档文件：项目送审文件，方案审查工作表，知情同意书审查工作表，快审主审综合意见，伦理审查决定文件。

## 6. 相关文件

- IRB SOP/04.01/01.0 研究项目的受理
- IRB SOP/04.02/01.0 研究项目的处理
- IRB SOP/03.01/01.0 会议审查
- IRB SOP/03.02/01.0 快速审查
- IRB SOP/06.01/01.0 审查决定的传达

## 7. 附件表格

- AF/SG-01/01.0 方案审查工作表：实验性研究
- AF/SG-02/01.0 方案审查工作表：回顾性观察性研究
- AF/SG-03/01.0 方案审查工作表：前瞻性观察性研究
- AF/SG-04/01.0 知情同意审查工作表：实验性研究
- AF/SG-05/01.0 知情同意审查工作表：回顾性观察性研究
- AF/SG-06/01.0 知情同意审查工作表：免除知情同意
- AF/SG-07/01.0 知情同意审查工作表：前瞻性观察性研究
- AF/SG-16/01.0 独立顾问咨询工作表

| 医院伦理委员会 | | 文件编号 | IRB SOP/05.02/01.0 |
|---|---|---|---|
| 编写者 | | 版本号 | 1.0 |
| 审核者 | | 版本日期 | 20110808 |
| 批准者 | | 批准生效日期 | 20110908 |

# 修正案审查

## 1. 目的

为使伦理委员会修正案审查的受理、处理、审查、传达决定、文件存档的工作有章可循，特制定本规程，以从程序上保证修正案审查工作的质量。

## 2. 范围

申请人在研究过程中若变更主要研究者，对临床研究方案、知情同意书、招募材料等的任何修改，应向伦理委员会提交修正案审查申请，经批准后执行。为避免研究对受试者的即刻危险，研究者可在伦理委员会批准前修改研究方案，事后应将修改研究方案的情况及原因，以"修正案审查申请"的方式及时提交伦理委员会审查。

本 SOP 适用于伦理委员会对修正案申请所进行的修正案审查。

## 3. 职责

### 3.1 伦理委员会秘书

- 受理送审材料。
- 处理送审材料。
- 为委员审查工作提供服务。
- 传达决定。
- 文件存档。

### 3.2 主审委员

- 会前审查主审项目的送审文件，填写主审工作表。
- 会议审查作为主要发言者，提问和发表审查意见。

### 3.3 独立顾问

- 会前审查咨询项目的送审文件，填写咨询工作表。
- 受邀参加审查会议，陈述意见。

### 3.4 委员

- 会前对审查项目进行预审。
- 参加审查会议，审查每一项目，提问和发表审查意见。
- 以投票方式做出审查决定。

### 3.5 主任委员

- 主持审查会议。
- 审签会议记录。
- 审核、签发审查决定文件。

## 4. 流程图

受理

↓

处理

↓

审查

↓

传达决定

↓

文件存档

## 5. 流程的操作细则

### 5.1 受理

- 形式审查
  - ◇ 送审文件的完整性
    - ▲ 修正案审查的送审文件包括：修正案审查申请，临床研究方案修正说明页，修正的临床研究方案，修正的知情同意书，修正的招募材料，其它。
  - ◇ 送审文件的要素
    - ▲ 修正案审查申请表填写完整，申请人签名并注明日期。
    - ▲ 修正的方案或知情同意书已更新版本号/版本日期。
    - ▲ 修正的方案或知情同意书以"阴影或下划线"注明修改部分。
- 补充/修改，受理，以及送审文件管理：参照 IRB SOP/04.01/01.0 研究项目的受理执行。

### 5.2 处理

#### 5.2.1 决定审查方式

- 根据以下标准，决定送审项目的审查方式
  - ◇ 会议审查的标准
    - ▲ 一般采用会议审查，除非符合下列快速审查的条件。
  - ◇ 快速审查的标准
    - ▲ 临床试验方案的较小修正，不影响试验的风险受益比。
  - ◇ 转为会议审查
    - ▲ 快审主审意见有："作必要的修正后重审"，"终止或暂停已批准的研究"，"不同意"，"提交会议审查"，则转为会议审查的方式。

#### 5.2.2 审查的准备

- 主审的准备

◇ 主审委员的选择：每个项目选择 1 ~ 2 名主审委员，优先选择原主审委员。

◇ 准备审查文件：为主审委员准备主审项目的整套送审文件，AF/SG-08/01.0 修正案审查工作表。

- 预审准备，会议审查的安排，会议报告的安排：参照 IRB SOP/04.02/01.0 研究项目的处理执行。

## 5.3 审查

- 审查程序

◇ 会议审查：参照 IRB SOP/03.01/01.0 会议审查执行。

◇ 快速审查：参照 IRB SOP/03.02/01.0 快速审查执行。

- 审查要素

◇ 方案修正是否影响研究的风险。

◇ 方案修正是否影响受试者的受益。

◇ 方案修正是否涉及弱势群体。

◇ 方案修正是否增加受试者参加研究的持续时间或花费。

◇ 如果研究已经开始，方案修正是否对已经纳入的受试者造成影响。

◇ 为了避免对受试者造成紧急伤害，在提交伦理委员会审查批准前对方案进行了修改并实施是合理的。

◇ 方案修正是否需要同时修改知情同意书。

◇ 修正的知情同意书是否符合完全告知、充分理解、自主选择的原则。

◇ 知情同意书的修改是否需要重新获取知情同意。

- 审查决定

◇ 是否同意修正案

▲ 同意，作必要的修正后同意，作必要的修正后重审，终止或暂停已批准的研究，不同意。

◇ 跟踪审查频率

▲ 根据修正案对研究的风险影响，决定是否调整跟踪审查的频率。

◇（快速审查）是否更改审查方式：提交会议审查。

## 5.4 传达决定：参见 IRB SOP/06.01/01.0 审查决定的传达

- 肯定性决定：以"伦理审查批件"的形式传达；如果采用会议审查的方式，附"会议签到表副本"；如果采用快速审查的方式，附下次会议报告的"会议签到表副本"。
- 条件性或否定性决定：以"伦理审查意见"的形式传达。
- 传达时限：在审查决定后 5 个工作日内完成决定的传达。

## 5.5 文件存档

- 审查过程中形成、积累、保存的文件，按审查阶段及时归档，建立/更新项目档案目录。
- 加盖批准章：经伦理审查批准修正的研究方案、知情同意书的右上角加盖"批准章"，注明批件号、批准日期和有效期。
- 会议审查的项目存档文件：项目送审文件，修正案审查工作表，会议签到表复印件，会议决定表（投票单），会议记录副本，伦理审查决定文件。

- 快速审查的项目存档文件：项目送审文件，修正案审查工作表，快审主审综合意见，伦理审查决定文件。

## 6. 相关文件

- IRB SOP/04.01/01.0 研究项目的受理
- IRB SOP/04.02/01.0 研究项目的处理
- IRB SOP/03.01/01.0 会议审查
- IRB SOP/03.02/01.0 快速审查
- IRB SOP/06.01/01.0 审查决定的传达

## 7. 附件表格

- AF/SG-08/01.0 修正案审查工作表

| 医院伦理委员会 | | 文件编号 | IRB SOP/05.03/01.0 |
|---|---|---|---|
| 编写者 | | 版本号 | 1.0 |
| 审核者 | | 版本日期 | 20110808 |
| 批准者 | | 批准生效日期 | 20110908 |

# 年度/定期跟踪审查

### 1. 目的

为使伦理委员会年度/定期跟踪审查的受理、处理、审查、传达决定、文件存档的工作有章可循，特制定本规程，以从程序上保证年度/定期跟踪审查工作的质量。

### 2. 范围

申请人应按照伦理审查批件/意见规定的年度/定期跟踪审查频率，在截止日期前 1 个月提交研究进展报告；申办者应当向组长单位伦理委员会提交各中心研究进展的汇总报告。当出现任何可能显著影响试验进行或增加受试者危险的情况时，应以"研究进展报告"的方式，及时报告伦理委员会。如果伦理审查批件有效期到期，需要申请延长批件有效期，应通过"研究进展报告"申请。

本 SOP 适用于伦理委员会对研究进展报告所进行的年度/定期跟踪审查。

### 3. 职责

#### 3.1　伦理委员会秘书

- 受理送审材料。
- 处理送审材料。
- 为委员审查工作提供服务。
- 传达决定。
- 文件存档。

#### 3.2　主审委员

- 会前审查主审项目的送审文件，填写主审工作表。
- 会议审查作为主要发言者，提问和发表审查意见。

#### 3.3　独立顾问

- 会前审查咨询项目的送审文件，填写咨询工作表。
- 受邀参加审查会议，陈述意见。

#### 3.4　委员

- 会前对审查项目进行预审。
- 参加审查会议，审查每一项目，提问和发表审查意见。
- 以投票方式做出审查决定。

#### 3.5　主任委员

- 主持审查会议。
- 审签会议记录。

- 审核、签发审查决定文件。

**4.流程图**

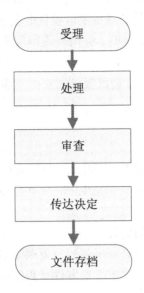

**5.流程的操作细则**

5.1 受理[①]

- 形式审查
  - ◇ 送审文件的完整性
    - ▲ 年度/定期跟踪审查的送审文件包括：研究进展报告，其它。
  - ◇ 送审文件的要素
    - ▲ 研究进展报告填写完整，申请人签名并注明日期。
- 补充/修改，受理，以及送审文件管理：参照 IRB SOP/04.01/01.0 研究项目的受理执行。

5.2 处理

5.2.1 决定审查方式

- 根据以下标准，决定送审项目的审查方式
  - ◇ 会议审查的标准
    - ▲ 一般采用会议审查，除非符合下列快速审查的条件。
  - ◇ 快速审查的标准
    - ▲ 尚未纳入受试者的研究项目。
    - ▲ 已完成干预措施的研究项目。
  - ◇ 转为会议审查
    - ▲ 快审主审意见有："作必要的修正后重审"，"终止或暂停已批准的研究"，"提交会议审查"，则转为会议审查的方式。

5.2.2 审查的准备
    - ▲ 主审的准备

---

[①] 办公室秘书采用计算机软件管理，在年度/定期跟踪审查到期日前 1 个月，提醒申请人提交研究进展报告。

&#x2666; 主审委员的选择：每个项目选择 1~2 名主审委员；会议审查优先选择原主审委员；快速审查由委员秘书和/或原主审委员负责审查。

&#x2666; 准备审查文件：为主审委员准备主审项目的整套送审文件，AF/SG-09/01.0 年度/定期跟踪审查工作表；必要时，提供查阅当前使用版本的方案和知情同意书的便利条件。

- 预审准备，会议审查的安排，会议报告的安排：参照 IRB SOP/04.02/01.0 研究项目的处理执行。

## 5.3 审查

- 审查程序

&#x2666; 会议审查：参照 IRB SOP/03.01/01.0 会议审查执行。

&#x2666; 快速审查：参照 IRB SOP/03.02/01.0 快速审查执行。

- 审查要素

&#x2666; 是否存在影响研究进行的情况。

&#x2666; 严重不良事件或方案规定必须报告的重要医学事件是否已经及时报告。

&#x2666; 与药物相关的、非预期的严重不良事件是否影响研究的风险与受益。

&#x2666; 研究的风险是否超过预期。

&#x2666; 是否存在影响研究风险与受益的任何新信息、新进展。

&#x2666; 研究中是否存在影响受试者权益的问题。

- 审查决定

&#x2666; 是否同意研究继续进行

&#x25B2; 同意，作必要的修正后同意，作必要的修正后重审，终止或暂停已批准的研究。

&#x2666; 跟踪审查频率

&#x25B2; 根据研究风险有无变化等情况，决定是否调整跟踪审查的频率。

&#x2666; 是否延长批件有效期

&#x25B2; 如果批件有效期到期，研究进展报告提出"延长批件有效期"，年度/定期跟踪审查的决定为"同意"，由办公室主任决定延长批件有效期的时限。

&#x2666; （快速审查）是否更改审查方式：提交会议审查。

## 5.4 传达决定：参见 IRB SOP/06.01/01.0 审查决定的传达

- 传达形式：所有决定均以"伦理审查意见"的形式传达。

- 是否传达：本院为多中心临床试验的参加单位，并且不涉及需要延长批件有效期，肯定性决定可以不传达，也可以传达；如果本院为组长单位则必须传达。

- 传达时限：在审查决定后 5 个工作日内完成决定的传达。

## 5.5 文件存档

- 审查过程中形成、积累、保存的文件，按审查阶段及时归档，建立/更新项目档案目录。

- 会议审查的项目存档文件：项目送审文件，年度/定期跟踪审查工作表，会议签到表复印件，会议决定表（投票单），会议记录副本，伦理审查决定文件。

- 快速审查的项目存档文件：项目送审文件，年度/定期跟踪审查工作表，快审主审综合意见，伦理审查决定文件。

6. 相关文件

- IRB SOP/04.01/01.0 研究项目的受理
- IRB SOP/04.02/01.0 研究项目的处理
- IRB SOP/03.01/01.0 会议审查
- IRB SOP/03.02/01.0 快速审查
- IRB SOP/06.01/01.0 审查决定的传达

7. 附件表格

- AF/SG-09/01.0 年度/定期跟踪审查工作表

| 医院伦理委员会 | | 文件编号 | IRB SOP/05.04/01.0 |
|---|---|---|---|
| 编写者 | | 版本号 | 1.0 |
| 审核者 | | 版本日期 | 20110808 |
| 批准者 | | 批准生效日期 | 20110908 |

# 严重不良事件审查

## 1. 目的

为使伦理委员会严重不良事件审查的受理、处理、审查、传达决定、文件存档的工作有章可循，特制定本规程，以从程序上保证严重不良事件审查工作的质量。

## 2. 范围

严重不良事件是指临床研究过程中发生需住院治疗、延长住院时间、伤残、影响工作能力、危及生命或死亡、导致先天畸形等事件。发生严重不良事件，申请人应及时提交严重不良事件报告。

本 SOP 适用于伦理委员会对严重不良事件报告所进行的严重不良事件审查。

## 3. 职责

### 3.1 伦理委员会秘书

- 受理送审材料。
- 处理送审材料。
- 为委员审查工作提供服务。
- 传达决定。
- 文件存档。

### 3.2 主审委员

- 会前审查主审项目的送审文件，填写主审工作表。
- 会议审查作为主要发言者，提问和发表审查意见。

### 3.3 独立顾问

- 会前审查咨询项目的送审文件，填写咨询工作表。
- 受邀参加审查会议，陈述意见。

### 3.4 委员

- 会前对审查项目进行预审。
- 参加审查会议，审查每一项目，提问和发表审查意见。
- 以投票方式做出审查决定。

### 3.5 主任委员

- 主持审查会议。
- 审签会议记录。
- 审核、签发审查决定文件。

**4.流程图**

**5.流程的操作细则**

5.1　受理

- 形式审查
  - ◇ 送审文件的完整性
    - ▲ 严重不良事件审查的送审文件包括：严重不良事件报告。
  - ◇ 送审文件的要素
    - ▲ 严重不良事件报告填写完整，申请人签名并注明日期。
- 补充/修改，受理，以及送审文件管理：参照 IRB SOP/04.01/01.0 研究项目的受理执行。

5.2　处理

5.2.1　决定审查方式

- 根据以下标准，决定送审项目的审查方式
  - ◇ 会议审查的标准
    - ▲ 本中心发生的与研究干预相关的、非预期严重不良事件。
    - ▲ 其它中心发生的严重不良事件，可能需要重新评估研究的风险与受益。
  - ◇ 紧急会议审查的标准
    - ▲ 研究过程中出现重大或严重问题，危及受试者安全。
  - ◇ 快速审查的标准
    - ▲ 本中心发生的与研究干预无关的严重不良事件。
    - ▲ 本中心发生的预期严重不良事件。
    - ▲ 其它中心发生的严重不良事件，对预期的研究风险与受益没有产生显著影响。
  - ◇ 转为会议审查
    - ▲ 快审主审意见有："作必要的修正后重审"，"终止或暂停已批准的研究"，"提交会议审查"，则转为会议审查的方式。

5.2.2　审查的准备

- 主审的准备
  - ❖ 主审委员的选择：选择 1~2 名主审委员，优先选择原主审委员，和/或专门负责审查 SAE 的委员。
  - ❖ 准备审查文件：为主审委员准备主审项目的整套送审文件，AF/SG-10/01.0 严重不良事件审查工作表；必要时，提供查阅当前使用版本的方案和知情同意书的便利条件。
- 预审准备，会议审查的安排，会议报告的安排：参照 IRB SOP/04.02/01.0 研究项目的处理执行。

5.3　审查

- 审查程序
  - ❖ 会议审查：参照 IRB SOP/03.01/01.0 会议审查执行。
  - ❖ 快速审查：参照 IRB SOP/03.02/01.0 快速审查执行。
- 审查要素
  - ❖ 不良事件程度的判断：严重或非严重。
  - ❖ 严重不良事件与研究干预相关性的判断：相关，不相关，无法判断。
  - ❖ 严重不良事件是否预期的判断：预期，非预期。
  - ❖ 严重不良事件是否影响研究预期风险与受益的判断。
  - ❖ 受损伤的受试者的医疗保护措施是否合理。
  - ❖ 其它受试者的医疗保护措施是否合理。
  - ❖ 是否需要修改方案或知情同意书。
- 审查决定
  - ❖ 是否同意研究继续进行
    - ⏶ 同意，作必要的修正后同意，作必要的修正后重审，终止或暂停已批准的研究。
  - ❖ 跟踪审查频率
    - ⏶ 根据研究风险有无变化等情况，决定是否调整跟踪审查的频率。
  - ❖（快速审查）是否更改审查方式：提交会议审查。

5.4　传达决定：参见 IRB SOP/06.01/01.0 审查决定的传达

- 传达形式：所有决定均以"伦理审查意见"的形式传达。
- 是否传达：肯定性决定（不需要采取进一步的措施），可以不传达，也可以传达。
- 传达时限：审查决定后 5 个工作日内完成决定的传达；紧急会议审查决定于审查决定后及时传达，最长不超过 3 个工作日。

5.5　文件存档

- 审查过程中形成、积累、保存的文件，按审查阶段及时归档，建立/更新项目档案目录。
- 会议审查的项目存档文件：项目送审文件，严重不良事件审查工作表，会议签到表复印件，会议决定表（投票单），会议记录副本，伦理审查决定文件。

- 快速审查的项目存档文件：项目送审文件，严重不良事件审查工作表，快审主审综合意见，伦理审查决定文件。

## 6. 相关文件

- IRB SOP/04.01/01.0 研究项目的受理
- IRB SOP/04.02/01.0 研究项目的处理
- IRB SOP/03.01/01.0 会议审查
- IRB SOP/03.02/01.0 快速审查
- IRB SOP/06.01/01.0 审查决定的传达

## 7. 附件表格

- AF/SG-10/01.0 严重不良事件审查工作表

| 医院伦理委员会 | | 文件编号 | IRB SOP/05.05/01.0 |
|---|---|---|---|
| 编写者 | | 版本号 | 1.0 |
| 审核者 | | 版本日期 | 20110808 |
| 批准者 | | 批准生效日期 | 20110908 |

# 违背方案审查

## 1. 目的

为使伦理委员会违背方案审查的受理、处理、审查、传达决定、文件存档的工作有章可循，特制定本规程，以从程序上保证违背方案审查工作的质量。

## 2. 范围

需要报告伦理委员会的违背方案情况包括：①严重违背方案：研究纳入了不符合纳入标准或符合排除标准的受试者，符合中止试验规定而未让受试者退出研究，给予错误治疗或剂量，给予方案禁止的合并用药等没有遵从方案开展研究的情况；或可能对受试者的权益/健康以及研究的科学性造成显著影响等违背 GCP 原则的情况。②持续违背方案，或研究者不配合监查/稽查，或对违规事件不予以纠正。凡是发生上述研究者违背 GCP 原则、没有遵从方案开展研究，可能对受试者的权益/健康以及研究的科学性造成显著影响的情况，申办者/监查员/研究者应提交违背方案报告。为避免研究对受试者的即刻危险，研究者可在伦理委员会批准前偏离研究方案，事后应以"违背方案报告"的方式，向伦理委员会报告任何偏离已批准方案之处并作解释。

本 SOP 适用于伦理委员会对违背方案报告所进行的违背方案审查。

## 3. 职责

### 3.1 伦理委员会秘书

- 受理送审材料。
- 处理送审材料。
- 为委员审查工作提供服务。
- 传达决定。
- 文件存档。

### 3.2 主审委员

- 会前审查主审项目的送审文件，填写主审工作表。
- 会议审查作为主要发言者，提问和发表审查意见。

### 3.3 独立顾问

- 会前审查咨询项目的送审文件，填写咨询工作表。
- 受邀参加审查会议，陈述意见。

### 3.4 委员

- 会前对审查项目进行预审。
- 参加审查会议，审查每一项目，提问和发表审查意见。

- 以投票方式做出审查决定。

3.5 主任委员

- 主持审查会议。
- 审签会议记录。
- 审核、签发审查决定文件。

**4.流程图**

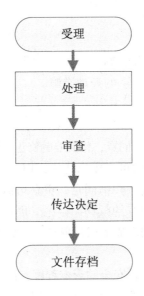

**5.流程的操作细则**

5.1 受理

- 形式审查
  - ◇ 送审文件的完整性
    - ⛏ 违背方案审查的送审文件包括：违背方案报告。
  - ◇ 送审文件的要素
    - ⛏ 违背方案报告填写完整，申请人签名并注明日期。
- 补充/修改，受理，以及送审文件管理：参照 IRB SOP/04.01/01.0 研究项目的受理执行。

5.2 处理

5.2.1 决定审查方式

- 会议审查
  - ◇ 违背方案所要求报告的事项均属于严重或持续违背方案和 GCP 的原则，因此都采用会议审查的方式。

5.2.2 审查的准备

- 主审的准备
  - ◇ 主审委员的选择：每个项目选择 1～2 名主审委员，优先选择原主审委员。
  - ◇ 准备审查文件：为主审委员准备主审项目的整套送审文件，AF/SG-11/01.0 违背方案审查工作表；必要时，提供查阅当前使用版本的方案和知情同意书的便利条件。

- 预审准备，会议审查的安排，会议报告的安排：参照 IRB SOP/04.02/01.0 研究项目的处理执行。

### 5.3　审查

- 审查程序
  ◇ 会议审查：参照 IRB SOP/03.01/01.0 会议审查执行。
- 审查要素
  ◇ 是否影响受试者的安全。
  ◇ 是否影响受试者的权益。
  ◇ 是否对研究结果产生显著影响。
  ◇ 是否对违背方案采取了合适的处理措施。
- 审查决定
  ◇ 是否同意研究继续进行
    ➤ 同意，作必要的修正后同意，作必要的修正后重审，终止或暂停已批准的研究。
    ➤ "作必要的修正"同时可以提出建议，建议包括（但不限于）：修正方案和（或）知情同意书，重新获取知情同意，重新培训研究者，在高年资研究人员指导下工作，限制参加研究的权利，拒绝受理来自该研究者的后续研究申请。必要时，建议医院相关职能部门采取进一步的处理措施。
  ◇ 跟踪审查频率
    ➤ 根据违背方案对受试者安全的影响程度，决定是否调整跟踪审查的频率。

### 5.4　传达决定：参见 IRB SOP/06.01/01.0 审查决定的传达

- 传达形式：所有决定均以"伦理审查意见"的形式传达。
- 是否传达：肯定性决定（不需要采取进一步的措施），可以不传达，也可以传达。
- 传达时限：在审查决定后 5 个工作日内完成决定的传达。

### 5.5　文件存档

- 审查过程中形成、积累、保存的文件，按审查阶段及时归档，建立/更新项目档案目录。
- 会议审查的项目存档文件：项目送审文件，违背方案审查工作表，会议签到表复印件，会议决定表（投票单），会议记录副本，伦理审查决定文件。
- 快速审查的项目存档文件：项目送审文件，违背方案审查工作表，快审主审综合意见，伦理审查决定文件。

### 6. 相关文件

- IRB SOP/04.01/01.0 研究项目的受理
- IRB SOP/04.02/01.0 研究项目的处理
- IRB SOP/03.01/01.0 会议审查
- IRB SOP/03.02/01.0 快速审查
- IRB SOP/06.01/01.0 审查决定的传达

### 7. 附件表格

- AF/SG-11/01.0 违背方案审查工作表

| 医院伦理委员会 | | 文件编号 | IRB SOP/05.06/01.0 |
|---|---|---|---|
| 编写者 | | 版本号 | 1.0 |
| 审核者 | | 版本日期 | 20110808 |
| 批准者 | | 批准生效日期 | 20110908 |

# 暂停/终止研究审查

## 1. 目的

为使伦理委员会暂停/终止研究审查的受理、处理、审查、传达决定、文件存档的工作有章可循，特制定本规程，以从程序上保证暂停/终止研究审查工作的质量。

## 2. 范围

研究者/申办者暂停或提前终止临床研究，应及时向伦理委员提交暂停/终止研究报告。本SOP适用于伦理委员会对暂停/终止研究报告所进行的暂停/终止研究审查。

## 3. 职责

### 3.1 伦理委员会秘书

- 受理送审材料。
- 处理送审材料。
- 为委员审查工作提供服务。
- 传达决定。
- 文件存档。

### 3.2 主审委员

- 会前审查主审项目的送审文件，填写主审工作表。
- 会议审查作为主要发言者，提问和发表审查意见。

### 3.3 独立顾问

- 会前审查咨询项目的送审文件，填写咨询工作表。
- 受邀参加审查会议，陈述意见。

### 3.4 委员

- 会前对审查项目进行预审。
- 参加审查会议，审查每一项目，提问和发表审查意见。
- 以投票方式做出审查决定。

### 3.5 主任委员

- 主持审查会议。
- 审签会议记录。
- 审核、签发审查决定文件。

### 4. 流程图

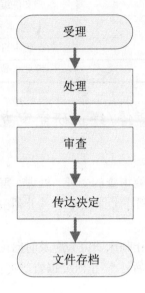

受理

↓

处理

↓

审查

↓

传达决定

↓

文件存档

### 5. 流程的操作细则

5.1　受理

• 形式审查
　◇ 送审文件的完整性
　　▲ 暂停/终止研究审查的送审文件包括：暂停/终止研究报告，研究总结报告。
　◇ 送审文件的要素
　　▲ 暂停/终止研究报告填写完整，申请人签名并注明日期。
• 补充/修改，受理，以及送审文件管理：参照 IRB SOP/04.01/01.0 研究项目的受理执行。

5.2　处理

5.2.1　决定审查方式

• 根据以下标准，决定送审项目的审查方式
　◇ 会议审查的标准
　　▲ 一般采用会议审查，除非符合下列快速审查的条件。
　◇ 快速审查的标准
　　▲ 伦理审查批准后没有启动的研究项目。

5.2.2　审查的准备

• 主审的准备
　◇ 主审委员的选择：每个项目选择 1 ~ 2 名主审委员，优先选择原主审委员。
　◇ 准备审查文件：为主审委员准备主审项目的整套送审文件，AF/SG-12/01.0 暂停/终止研究审查工作表。
• 预审准备，会议审查的安排，会议报告的安排：参照 IRB SOP/04.02/01.0 研究项目的处理执行。

5.3 审查
- 审查程序
 ✧ 会议审查：参照 IRB SOP/03.01/01.0 会议审查执行。
 ✧ 快速审查：参照 IRB SOP/03.02/01.0 快速审查执行。
- 审查要素
 ✧ 受试者的安全与权益是否得到保证。
 ✧ 对受试者后续的医疗与随访措施是否合适。
 ✧ 是否有必要采取进一步保护受试者的措施。
- 审查决定
 ✧ 是否同意提前中止研究
  ▲ 同意，需要进一步采取保护受试者的措施。
 ✧ （快速审查）是否更改审查方式：提交会议审查。

5.4 传达决定：参见 IRB SOP/06.01/01.0 审查决定的传达
- 传达形式：所有决定均以"伦理审查意见"的形式传达。
- 是否传达：肯定性决定（不需要采取进一步的措施），可以不传达，也可以传达。
- 传达时限：在审查决定后 5 个工作日内完成决定的传达。

5.5 文件存档
- 审查过程中形成、积累、保存的文件，按审查阶段及时归档，建立/更新项目档案目录。
- 会议审查的项目存档文件：项目送审文件，暂停/终止研究审查工作表，会议签到表复印件，会议决定表（投票单），会议记录副本，伦理审查决定文件。
- 快速审查的项目存档文件：项目送审文件，暂停/终止研究审查工作表，快审主审综合意见，伦理审查决定文件。

6. 相关文件
- IRB SOP/04.01/01.0 研究项目的受理
- IRB SOP/04.02/01.0 研究项目的处理
- IRB SOP/03.01/01.0 会议审查
- IRB SOP/03.02/01.0 快速审查
- IRB SOP/06.01/01.0 审查决定的传达

7. 附件表格
- AF/SG-12/01.0 暂停/终止研究审查工作表

| 医院伦理委员会 | | 文件编号 | IRB SOP/05.07/01.0 |
|---|---|---|---|
| 编写者 | | 版本号 | 1.0 |
| 审核者 | | 版本日期 | 20110808 |
| 批准者 | | 批准生效日期 | 20110908 |

# 结 题 审 查

### 1. 目的

为使伦理委员会结题审查的受理、处理、审查、传达决定、文件存档的工作有章可循，特制定本规程，以从程序上保证结题审查工作的质量。

### 2. 范围

完成临床研究，申请人应及时向伦理委员会提交结题报告。

本 SOP 适用于伦理委员会对结题报告所进行的结题审查。

### 3. 职责

#### 3.1　伦理委员会秘书

- 受理送审材料。
- 处理送审材料。
- 为委员审查工作提供服务。
- 传达决定。
- 文件存档。

#### 3.2　主审委员

- 会前审查主审项目的送审文件，填写主审工作表。
- 会议审查作为主要发言者，提问和发表审查意见。

#### 3.3　独立顾问

- 会前审查咨询项目的送审文件，填写咨询工作表。
- 受邀参加审查会议，陈述意见。

#### 3.4　委员

- 会前对审查项目进行预审。
- 参加审查会议，审查每一项目，提问和发表审查意见。
- 以投票方式做出审查决定。

#### 3.5　主任委员

- 主持审查会议。
- 审签会议记录。
- 审核、签发审查决定文件。

### 4. 流程图

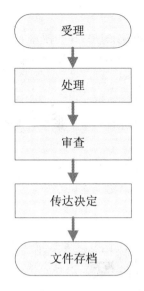

### 5. 流程的操作细则

5.1　受理

- 形式审查
  - ◇ 送审文件的完整性
    - ▲ 结题审查的送审文件包括：结题报告，研究总结报告。
  - ◇ 送审文件的要素
    - ▲ 结题报告填写完整，申请人签名并注明日期。
- 补充/修改，受理，以及送审文件管理：参照 IRB SOP/04.01/01.0 研究项目的受理执行。

5.2　处理

5.2.1　决定审查方式

- 根据以下标准，决定送审项目的审查方式
  - ◇ 会议审查的标准
    - ▲ 一般采用会议审查，除非符合下列快速审查的条件。
  - ◇ 快速审查的标准
    - ▲ 伦理审查批准后没有启动的研究项目。

5.2.2　审查的准备

- 主审的准备
  - ◇ 主审委员的选择：每个项目选择 1~2 名主审委员，优先选择原主审委员或由兼任委员的秘书进行审查。
  - ◇ 准备审查文件：为主审委员准备主审项目的整套送审文件，AF/SG-13/01.0 结题审查工作表。
- 预审准备，会议审查的安排，会议报告的安排：参照 IRB SOP/04.02/01.0 研究项目的处理执行。

5.3　审查
- 审查程序
  - ✧ 会议审查：参照 IRB SOP/03.01/01.0 会议审查执行。
  - ✧ 快速审查：参照 IRB SOP/03.02/01.0 快速审查执行。
- 审查要素
  - ✧ 严重不良事件或方案规定必须报告的重要医学事件是否已经及时报告。
  - ✧ 与研究干预相关的、非预期的严重不良事件是否影响研究的风险与受益。
  - ✧ 研究风险是否超过预期。
  - ✧ 研究中是否存在影响受试者权益的问题。
  - ✧ 是否有必要采取进一步保护受试者的措施。
- 审查决定
  - ✧ 是否同意结题
    - ▲ 同意，需要进一步采取保护受试者的措施。
  - ✧ （快速审查）是否更改审查方式：提交会议审查。

5.4　传达决定：参见 IRB SOP/06.01/01.0 审查决定的传达
- 传达形式：所有决定均以"伦理审查意见"的形式传达。
- 是否传达：肯定性决定（不需要采取进一步的措施），可以不传达，也可以传达。
- 传达时限：在审查决定后 5 个工作日内完成决定的传达。

5.5　文件存档
- 审查过程中形成、积累、保存的文件，按审查阶段及时归档，建立/更新项目档案目录。
- 会议审查的项目存档文件：项目送审文件，结题审查工作表，会议签到表复印件，会议决定表（投票单），会议记录副本，伦理审查决定文件。
- 快速审查的项目存档文件：项目送审文件，结题审查工作表，快审主审综合意见，伦理审查决定文件。

## 6. 相关文件
- IRB SOP/04.01/01.0 研究项目的受理
- IRB SOP/04.02/01.0 研究项目的处理
- IRB SOP/03.01/01.0 会议审查
- IRB SOP/03.02/01.0 快速审查
- IRB SOP/06.01/01.0 审查决定的传达

## 7. 附件表格
- AF/SG-13/01.0 结题审查工作表

| 医院伦理委员会 | | 文件编号 | IRB SOP/05.08/01.0 |
| --- | --- | --- | --- |
| 编写者 | | 版本号 | 1.0 |
| 审核者 | | 版本日期 | 20110808 |
| 批准者 | | 批准生效日期 | 20110908 |

# 复　审

## 1. 目的

为使伦理委员会复审的受理、处理、审查、传达决定、文件存档的工作有章可循，特制定本规程，以从程序上保证复审工作的质量。

## 2. 范围

初始审查和跟踪审查后，按伦理审查意见"作必要的修正后同意"、"作必要的修正后重审"，对方案进行修改后，应以"复审申请"的方式再次送审，经伦理委员会批准后方可实施；如果对伦理审查意见有不同的看法，可以"复审申请"的方式申诉不同意见，请伦理委员会重新考虑决定。

本 SOP 适用于伦理委员会对复审申请所进行的复审。

## 3. 职责

### 3.1　伦理委员会秘书

- 受理送审材料。
- 处理送审材料。
- 为委员审查工作提供服务。
- 传达决定。
- 文件存档。

### 3.2　主审委员

- 会前审查主审项目的送审文件，填写主审工作表。
- 会议审查作为主要发言者，提问和发表审查意见。

### 3.3　独立顾问

- 会前审查咨询项目的送审文件，填写咨询工作表。
- 受邀参加审查会议，陈述意见。

### 3.4　委员

- 会前对审查项目进行预审。
- 参加审查会议，审查每一项目，提问和发表审查意见。
- 以投票方式做出审查决定。

### 3.5　主任委员

- 主持审查会议。
- 审签会议记录。
- 审核、签发审查决定文件。

## 4. 流程图

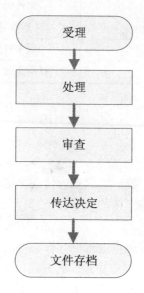

受理

处理

审查

传达决定

文件存档

## 5. 流程的操作细则

### 5.1　受理

- 形式审查
  - ◇ 送审文件的完整性
    - ▲ 复审的送审文件包括：复审申请，修正的临床研究方案，修正的知情同意书，修正的招募材料，其它。
  - ◇ 送审文件的要素
    - ▲ 复审申请表填写完整，针对"伦理审查意见"逐条答复，申请人签名并注明日期。
    - ▲ 修正的方案或知情同意书已更新版本号/版本日期。
    - ▲ 修正的方案或知情同意书以"阴影或下划线"注明修改部分。
- 补充/修改，受理，以及送审文件管理：参照 IRB SOP/04.01/01.0 研究项目的受理执行。

### 5.2　处理

### 5.2.1　决定审查方式

- 根据以下标准，决定送审项目的审查方式
  - ◇ 会议审查的标准
    - ▲ 伦理审查意见为"作必要的修正后重审"，再次送审的项目。
    - ▲ 伦理审查意见为"作必要的修正后同意"，申请人没有按伦理审查意见进行修改，并对此进行了说明，委员秘书认为有必要提交会议审查的项目。
  - ◇ 快速审查的标准
    - ▲ 伦理审查意见为"作必要的修正后同意"，按伦理委员会的审议意见修改方案后，再次送审的项目。
  - ◇ 转为会议审查

> ▲ 快审主审意见有："作必要的修正后重审"，"终止或暂停已批准的研究"，"不
> 同意"，"提交会议审查"，则转为会议审查的方式。

## 5.2.2　审查的准备

- 主审的准备
  - ◇ 主审委员的选择：每个项目选择 1～2 名主审委员；伦理审查意见为"作必要的
    修正后同意"，由委员秘书和（或）原主审委员负责审查；如果申请人对伦理审
    查有不同意见，优先选择原主审委员进行审查；伦理审查意见为"作必要的修正
    后重审"，优先选择原主审委员进行审查。
  - ◇ 准备审查文件：为主审委员准备主审项目的整套送审文件；根据初始审查后的复
    审还是跟踪审查后的复审，准备相应的 AF/SG-14/01.0～AF/SG-15/01.0 复审工作
    表。
- 预审准备，会议审查的安排，会议报告的安排：参照 IRB SOP/04.02/01.0 研究项目
  的处理执行。

## 5.3　审查

- 审查程序
  - ◇ 会议审查：参照 IRB SOP/03.01/01.0 会议审查执行。
  - ◇ 快速审查：参照 IRB SOP/03.02/01.0 快速审查执行。
- 审查要素
  - ◇ 申请人接受伦理审查意见：对研究项目文件的修改与审查意见是否一致。
  - ◇ 申请人有不同意见：对伦理审查意见的澄清或其它修改能否接受。
- 审查决定
  - ◇ 是否批准研究项目
    - ▲ （初始审查后的）复审：同意，作必要的修正后同意，作必要的修正后重审，
      不同意。
    - ▲ （跟踪审查后的）复审：同意，作必要的修正后同意，作必要的修正后重审，
      终止或暂停已批准的研究，不同意。
  - ◇ 跟踪审查频率
    - ▲ （初始审查后的）复审：根据研究的风险程度，确定跟踪审查的频率，最长
      不超过 12 个月。
    - ▲ （跟踪审查后的）复审：根据研究的风险程度，决定是否调整跟踪审查的
      频率。
  - ◇ 伦理审查批件有效期：（初始审查后的）复审，审查决定为"同意"，批件的有效
    期可以由办公室主任根据以下方式确定：①根据临床研究预期的周期；②与跟踪
    审查频率相同。
  - ◇ （快速审查）是否更改审查方式：提交会议审查。

## 5.4　传达决定：参见 IRB SOP/06.01/01.0 审查决定的传达

- 肯定性决定
  - ◇ （初始审查、修正案审查之后的）复审：以"伦理审查批件"的形式传达；如果

　　采用会议审查的方式，还要附"会议签到表副本"；如果采用快速审查的方式，
附下次会议报告的"会议签到表副本"。

　　◇ （年度/定期跟踪审查、严重不良事件审查、违背方案审查、暂停/终止研究审查、
　　　　结题审查之后的）复审：以"伦理审查意见"的形式传达。

- 条件性或否定性决定：以"伦理审查意见"的形式传达。
- 是否传达：肯定性决定（不需要采取进一步的措施），并且审查类别属于（本院为多
中心临床试验的参加单位的）年度/定期跟踪审查后的复审，以及严重不良事件审查
后的复审，违背方案审查后的复审，暂停/终止研究审查后的复审，结题审查后的复
审，可以不传达。
- 传达时限：在审查决定后 5 个工作日内完成决定的传达。

## 5.5　文件存档

- 审查过程中形成、积累、保存的文件，按审查阶段及时归档，建立/更新项目档
案目录。
- 加盖批准章：经伦理审查批准修正的研究方案、知情同意书的右上角加盖"批准章"，
注明批件号、批准日期和有效期。
- 会议审查的项目存档文件：项目送审文件，复审审查工作表，会议签到表复印件，
会议决定表（投票单），会议记录副本，伦理审查决定文件。
- 快速审查的项目存档文件：项目送审文件，复审审查工作表，快审主审综合意见，
伦理审查决定文件。

## 6. 相关文件

- IRB SOP/04.01/01.0 研究项目的受理
- IRB SOP/04.02/01.0 研究项目的处理
- IRB SOP/03.01/01.0 会议审查
- IRB SOP/03.02/01.0 快速审查
- IRB SOP/06.01/01.0 审查决定的传达

## 7. 附件表格

- AF/SG-14/01.0 复审工作表（初审后的复审）
- AF/SG-15/01.0 复审工作表（跟踪审查后的复审）

# 第六类 传 达 决 定

| 医院伦理委员会 | | 文件编号 | IRB SOP/06.01/01.0 |
|---|---|---|---|
| 编写者 | | 版本号 | 1.0 |
| 审核者 | | 版本日期 | 20110808 |
| 批准者 | | 批准生效日期 | 20110908 |

## 审查决定的传达

### 1. 目的

为使伦理委员会准备审查决定文件、审签决定文件、传达决定的工作有章可循，特制定本规程，以从程序上保证审查决定传达工作的质量。

### 2. 范围

本 SOP 适用于伦理委员会办公室确定必须传达与可以不传达的决定类别，以及审查决定文件的准备与传达工作。

### 3. 职责

3.1 伦理委员会秘书

• 确定必须传达与可以不传达的决定类别。

• 准备审查决定文件。

• 传达审查决定。

• 决定文件存档。

3.2 主任委员

• 审签会议记录。

• 审签审查决定文件，签名并注明日期。

### 4. 流程图

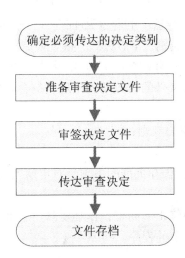

确定必须传达的决定类别

准备审查决定文件

审签决定文件

传达审查决定

文件存档

**5. 流程的操作细则**

5.1　确定必须传达的决定类别

- 必须传达的决定类别
  - ✧ 条件性或否定性决定（作必要的修正后同意，作必要的修正后重审，终止或暂停已批准的研究，不同意，需要进一步采取保护受试者的措施）：必须传达。
  - ✧ 肯定性决定（同意），并且审查类别属于初始审查，修正案审查，（本院为多中心临床试验的组长单位，或涉及需要延长批件有效期）年度/定期跟踪审查，以及上述审查类别审查后的复审：必须传达。
- 可以不传达的决定类别
  - ✧ 肯定性决定（同意继续研究，或不需要采取进一步的措施），并且审查类别属于（本院为多中心临床试验的参加单位，并且不涉及需要延长批件有效期）年度/定期跟踪审查；严重不良事件审查，违背方案审查，暂停/终止研究审查，结题审查，以及上述审查类别审查后的复审：可以不传达，也可以传达。
  - ✧ 伦理审查申请指南规定，申请人提交伦理审查申请/报告后一个半月没有收到伦理委员会决定意见的答复，视作"同意"。

5.2　准备审查决定文件

- 秘书依据会议记录起草伦理审查决定文件。
- 决定文件的类别
  - ✧ 满足以下条件，采用"伦理审查批件"
    - ⏶ 以下审查类别的肯定性决定：初始审查，修正案审查，以及上述审查类别审查后复审。
  - ✧ 满足以下任一条件，采用"伦理审查意见"
    - ⏶ 以下审查类别的条件性或否定性决定：初始审查，修正案审查，以及上述审查类别审查后复审。
    - ⏶ 以下审查类别的所有决定：年度/定期跟踪审查，严重不良事件审查，违背方案审查，暂停/终止研究审查，结题审查，以及上述审查类别审查后的复审。
- 决定文件的基本信息
  - ✧ 基本信息：研究项目信息；审查意见/批件号；临床研究机构和研究者；审查会议日期与地点，审查类别，审查方式，审查委员，审查批准的文件（临床研究方案与知情同意书均应注明版本号/日期）；审查意见；主任委员（或被授权者）签发并注明日期；决定文件的有效期；伦理委员会名称（盖章），伦理委员会联系人和联系方式。
  - ✧ 审查意见/批件号的编码规则：同"受理号"。
- 决定文件的审查意见
  - ✧ 肯定性决定（同意）：告知批准的事项，对申请人实施研究的要求，以及跟踪审查的要求。
  - ✧ 条件性决定（作必要修正后同意，作必要修正后重审）：具体说明伦理审查的修正意见，以及提交复审的程序。

◇ 否定性决定（不同意，终止或暂停已经批准的临床研究）：必须清楚地说明否定的理由和伦理审查的相关考虑，并告知申请人如果有不同意见，可就有关事项做出解释，提交复审申请。

◇ 年度/定期跟踪审查的频率，截止日期。

## 5.3　审签决定文件

- 秘书/工作人员 2 人分别核对审查决定文件基本信息的正确性，审查意见的规范性与完整性。

- 主任委员审签会议记录。

- 主任委员审签审查决定文件，签名并注明日期。

## 5.4　传达审查决定

- 制作：①制作决定文件：文件份数参照申请人、研究中心数确定；②制作伦理委员会成员表副本：初始审查的决定文件附"伦理委员会成员表副本"；③制作会议签到表副本：初始审查、修正案审查以及（初审审查、修正案审查之后的）复审的肯定性决定，如果采用会议审查方式，需附"会议签到表副本"；如果采用快速审查方式，需附下次会议报告的"会议签到表副本"。

- 盖章：决定文件加盖伦理委员会章。

- 传达

  ◇ 决定文件送达（本院）申请人；可寄送或通知（外单位）申请人领取决定文件。

  ◇ 收件人签收 AF/SC-09/01.0 伦理审查决定文件签收表；寄送则保留寄送凭证。

- 传达时限

  ◇ 审查决定后 5 个工作日内完成决定的传达。

  ◇ 紧急会议审查决定于审查决定后及时传达，最长不超过 3 个工作日。

  ◇ 如果申请人要求提前传达"同意"的决定，应尽快传达。

## 5.5　文件存档

- 审查决定文件归入项目档案。

## 6. 相关文件

## 7. 附件表格

- AF/SC-07/01.0 伦理审查意见

- AF/SC-08/01.0 伦理审查批件

- AF/SC-09/01.0 伦理审查决定文件签收表

# 第七类　监督检查

| 医院伦理委员会 | | 文件编号 | IRB SOP/07.01/01.0 |
|---|---|---|---|
| 编写者 | | 版本号 | 1.0 |
| 审核者 | | 版本日期 | 20110808 |
| 批准者 | | 批准生效日期 | 20110908 |

# 实 地 访 查

## 1. 目的

为使伦理委员会实地访查的准备、访查意见及其处理的工作有章可循，特制定本规程，以从程序上保证伦理委员会的实地访查工作的质量。

## 2. 范围

伦理委员会实地访查主要从保护受试者角度检查研究的实施情况，以及对 GCP、研究方案以及本伦理委员会要求的遵从性。

本 SOP 适用于伦理委员会开展实地访查的工作。

## 3. 职责

### 3.1　委员

- 项目审查时发现需要进一步了解/核实情况，可提议开展实地访查。

- 参加访查活动，提出处理意见。

### 3.2　伦理委员会办公室秘书、主任

- 秘书受理受试者抱怨时发现需要进一步了解/核实情况，可提议开展实地访查。

- 办公室主任批准开展实地访查。

- 组织访查小组，安排访查活动。

- 为访查活动提供服务工作。

- 处理访查意见。

- 访查文件存档。

## 4. 流程图

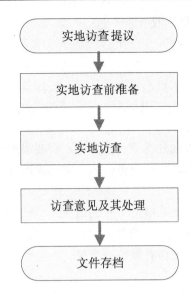

## 5. 流程的操作细则

### 5.1　实地访查提议

- 专业科室/研究项目出现以下情况，需要进一步了解/核实情况：
  - ✧ 出现值得重视的严重不良事件。
  - ✧ 研究过程中可能存在违背 GCP 原则、违背方案的事件，损害受试者的权益与安全的事件。
  - ✧ 可能存在不遵循伦理审查批件对申请人的要求，如未按时提交研究进展报告。
- 主审委员，委员在审查项目时，以及办公室秘书在受理受试者抱怨时，发现上述类别的问题，均可提议开展实地访查，报经办公室主任同意。

### 5.2　实地访查前准备

- 组织实地访查小组
  - ✧ 办公室主任组织实地访查小组。
  - ✧ 成员：一般由 2~3 名委员组成，可以邀请专家参加。
- 访查安排
  - ✧ 通知专业科室/研究者接受实地访查，确定实地访查时间。
  - ✧ 通知实地访查小组人员访查目的（问题）与访查时间。
  - ✧ 准备访查所需的项目文件。

### 5.3　实地访查

- 根据不同的实地访查问题，实地访查活动可以包括（不限于）：
  - ✧ 检查方案与知情同意书，确认是否使用经批准的版本。
  - ✧ 随机抽查签署的知情同意文件，确定受试者是否正确签署了知情同意书。
  - ✧ 必要时，观察知情同意过程。
  - ✧ 检查研究病历等相关文件，询问医生护士，必要时与受试者交流，了解/核实严重不良事件的信息。
  - ✧ 检查研究必备的实验室和其它设施。

◇ 检查伦理审查批件/意见的落实情况。

### 5.4　访查意见及其处理

- 访查意见

  ◇ 访查结束后，访查小组讨论访查的发现，提出处理意见。

  ◇ 填写 AF/JJ-01/01.0 实地访查记录，访查成员签名，并注明日期。

- 提交会议报告/会议审查

  ◇ 提交会议报告：访查的处理意见认为"不需要采取进一步的处理措施"。

  ◇ 提交会议审查：访查的处理意见认为"需要采取进一步的处理措施"。

- 审查意见的传达

  ◇ 会议审查认为"不需要采取进一步的措施"，可以不传达。

  ◇ 会议审查决定"采取进一步的处理措施"，应将审查意见向主要研究者传达。

  ◇ 与审查项目相关的实地访查的审查意见，一般与该项目的审查决定一起传达。

### 5.5　文件存档

- "实地访查记录"存入办公室"工作日志"文件夹。

## 6. 相关文件

## 7. 附件表格

- AF/JJ-01/01.0 实地访查记录

| 医院伦理委员会 | | 文件编号 | IRB SOP/07.02/01.0 |
|---|---|---|---|
| 编写者 | | 版本号 | 1.0 |
| 审核者 | | 版本日期 | 20110808 |
| 批准者 | | 批准生效日期 | 20110908 |

# 受试者抱怨

### 1. 目的

为使伦理委员会受理受试者的抱怨，以及对抱怨的处理、报告、反馈的工作有章可循，特制定本规程，以从程序上保证伦理委员会对受试者抱怨管理的工作质量。

### 2. 范围

伦理委员会对参加本伦理委员会批准研究项目的受试者对其权益和健康的抱怨与要求进行有效管理，将有助于保护受试者的安全、健康与权益，保证遵循 GCP、研究方案开展研究。

本 SOP 适用于伦理委员会对受试者抱怨的管理工作。

### 3. 职责

伦理委员会秘书：

- 受理受试者抱怨。
- 处理受试者抱怨，必要时了解/核实有关情况。
- 提出处理意见。
- 处理意见提交会议报告，或会议审查。
- 向主要研究者反馈伦理委员会的审查意见。
- 文件存档。

### 4. 流程图

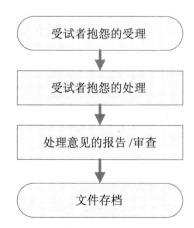

### 5. 流程的操作细则

5.1　受试者抱怨的受理

- 秘书负责接待受试者询问/抱怨。

- 耐心聆听受试者询问/抱怨。
- 实事求是回答受试者问题。
- 在 AF/JJ-02/01.0 受试者抱怨记录中记录受试者的抱怨和有关信息，受理人签字。

5.2 受试者抱怨的处理

- 受试者询问/抱怨研究项目的相关问题，秘书应尽可能当场解答。
- 如对抱怨的问题需要全面了解情况，秘书（或指定委员）及时了解/核实有关情况，并向受试者反馈/解释。
- 秘书（或指定委员）综合有关情况，提出处理意见。
- 在 AF/JJ-02/01.0 受试者抱怨记录中记录处理意见，承办者签字并注明日期。

5.3 处理意见的报告/审查

- 提交会议报告/会议审查
  ◇ 提交会议报告：抱怨的处理意见认为"不需要采取进一步的处理措施"。
  ◇ 提交会议审查：抱怨的处理意见认为"需要采取进一步的处理措施"。
- 审查意见的传达
  ◇ 会议审查认为"不需要采取进一步的处理措施"，可以不向研究者传达。
  ◇ 会议审查决定"采取进一步的处理措施"，应将审查意见向主要研究者传达，必要时向受试者反馈。

5.4 文件存档

- "受试者抱怨记录"存入办公室"工作日志"文件夹。

6. 相关文件

7. 附件表格

- AF/JJ-02/01.0 受试者抱怨记录

# 第八类　办公室管理

| 医院伦理委员会 | | 文件编号 | IRB SOP/08.01/01.0 |
|---|---|---|---|
| 编写者 | | 版本号 | 1.0 |
| 审核者 | | 版本日期 | 20110808 |
| 批准者 | | 批准生效日期 | 20110908 |

## 审查会议的管理

### 1. 目的

为使伦理委员会审查会议的会前准备、会议工作、会后工作有章可循，特制定本规程，以保证伦理委员会审查会议的管理工作的质量。

### 2. 范围

本 SOP 适用于伦理委员会办公室对审查会议的服务性管理工作，主任委员主持审查会议的程序性工作。

### 3. 职责

3.1　伦理委员会秘书，工作人员

- 会前安排会议议程/日程，通知委员/独立顾问和申请人，准备会议文件和会场。
- 会议期间负责会议签到，核对到会人数，向会议报告上次会议记录和快速审查项目，报告审查意见的投票结果，做好委员审查发言的会议笔记。
- 会后整理会场，整理形成会议记录，起草决定文件，管理审查文件。

3.2　主任委员

- 主持审查会议。

### 4. 流程图

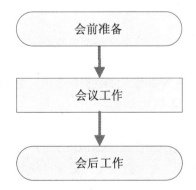

### 5. 流程的操作细则

5.1　会前准备

- 安排会议议程

　◇ 安排会议报告项目：上次会议记录，快速审查项目。

　　◇ 安排会议审查项目：按照"先送先审"的原则安排会议审查项目。

　　◇ 准备 AF/SC-01/01.0 会议议程。

- 安排会议日程

　　◇ 例行审查会议：受理送审材料至审查会议的最长时限一般不超过 1 个月；例行审查会议一般每月安排 1 次，需要时可以增加审查会议次数。

　　◇ 紧急会议：召集紧急会议应报告主任委员，并尽早安排。

　　◇ 安排会议日期，报主任委员同意。

　　◇ 安排会议报告项目与会议审查项目的时间。

- 通知委员、独立顾问、申请人

　　◇ 通知委员：与委员联系，确认参会的委员符合法定人数要求，并避免利益冲突。

　　◇ 通知独立顾问。

　　◇ 通知申请人：如果审查项目需要邀请主要研究者/申办者到会报告与答疑，通知主要研究者/申办者，告知审查会议的日程，确认能够参会。

- 准备会议文件

　　◇ 印刷：选择质量可靠、信誉良好的单位/部门，印刷会议材料与审查文件，并保证参会委员/独立顾问每人一套。

　　◇ 会议材料：准备 AF/SC-02/01.0 会议签到表，会议审查项目的 AF/SC-03/01.0 投票单。

　　◇ 审查文件：确认会议审查文件已经提前送达委员；紧急会议因时间紧迫，可以会上分发审查文件。

- 会前的主审/咨询

　　◇ 为每一审查项目选择主审委员，必要时聘请独立顾问提供审查咨询意见，送达主审/咨询文件，会前完成审查/咨询工作表。

- 会场准备

　　◇ 预约会议室。

　　◇ 会议当天，准备茶水、电脑、投影、录音等。

5.2　会议工作

- 会议签到

　　◇ 参会委员亲笔签到。

　　◇ 列席：因质量检查评估等活动，并经主任委员同意后，可以允许列席会议；列席者应签署 AF/ZZ-02/01.0 保密承诺。

- 核对人数

　　◇ 秘书确认到会委员超过伦理委员会组成人员的半数（并不少于五人），到会委员包括医药专业、非医药专业、独立于研究实施机构之外的委员，以及不同性别的委员。

　　◇ 向主任委员报告到会委员是否符合法定到会人数。

- 会议主持

　　◇ 主任委员（或其授权者）主持会议。

    ◇ 宣布到会委员是否符合法定到会人数。

    ◇ 提醒委员主动声明利益冲突：如果到会委员与审查项目存在利益冲突，请主动声明。

    ◇ 按会议日程主持会议。

- 会议报告
  - ◇ 秘书报告上次会议记录。
  - ◇ 秘书报告快速审查项目。
- 会议审查
  - ◇ 报告与答疑：申请人报告研究项目；委员提问；申请人答疑，独立顾问发表意见。
  - ◇ 离场：申请人、独立顾问、存在利益冲突的委员离场。
  - ◇ 审查与讨论：主审委员发表审查意见；针对研究项目的主要伦理问题，委员发表意见，并对审查意见进行充分讨论。
- 审查决定
  - ◇ 委员亲笔在投票单上选择审查决定，并签名。
  - ◇ 秘书汇总投票单，填写 AF/SC-04/01.0 会议审查决定表，当场向会议报告投票结果。
- 会议笔记
  - ◇ 会议过程中，秘书负责记录声明与研究项目存在利益冲突的委员；记录会议审查项目的提问与答疑，审查意见的讨论内容，投票结果与审查决定。

5.3　会后工作

- 会场整理
  - ◇ 委员留下所有审查材料，工作人员负责回收。
  - ◇ 整理会场卫生，会议设备。
- 会议记录
  - ◇ 秘书根据会议笔记，必要时复听会议录音，按审查要素和讨论的问题，整理委员的发言和达成的共识，形成 AF/SC-06/01.0 会议记录。
  - ◇ 主任委员审核、签名。
  - ◇ 会议记录安排在下次审查会议上报告。
- 决定的传达
  - ◇ 秘书依据会议记录，起草会议审查决定文件。
  - ◇ 主任委员（或其授权者）审核、签名。
  - ◇ 时限：应在审查会后 5 个工作日内完成传达决定；紧急会议应在会后 3 个工作日内完成传达决定。
  - ◇ 如果申请人要求提前传达"同意"的决定，应尽快传达。
- 文件管理
  - ◇ 项目审查文件的处理：回收的项目送审文件，除保留一份存档外，其余销毁。
  - ◇ 加盖批准章：经伦理审查批准的研究方案、知情同意书的右上角加盖"批准章"，注明批件号、批准日期和有效期。

◇ 项目档案：项目审查文件（项目送审文件，审查工作表格，会议签到表复印件，投票单，会议决定表，会议记录副本，伦理审查决定文件）归入项目档案，建立/更新项目档案目录。

◇ 会议记录文件夹：会议议程/日程，会议签到表，（经会议审核确认的）会议记录归入伦理委员会办公室"会议记录"文件夹。

◇ 送审项目的电子文档：项目的受理、处理、审查、决定等信息记录与电子文件。

◇ 项目审查完成后，关闭项目审查的网络权限。

## 6. 相关文件

## 7. 附件表格

- AF/SC-01/01.0 会议议程
- AF/SC-02/01.0 会议签到表
- AF/SC-03/01.0 投票单
- AF/SC-04/01.0 会议审查决定表
- AF/SC-06/01.0 会议记录
- AF/ZZ-02/01.0 保密承诺

| 医院伦理委员会 | | 文件编号 | IRB SOP/08.02/01.0 |
|---|---|---|---|
| 编写者 | | 版本号 | 1.0 |
| 审核者 | | 版本日期 | 20110808 |
| 批准者 | | 批准生效日期 | 20110908 |

# 文件档案的管理

## 1. 目的

为使伦理委员会的文件分类、建档与存档、归档与保存的工作有章可循，特制定本规程，以保证伦理委员会文件档案的管理工作的质量。

## 2. 范围

本 SOP 适用于伦理委员会对文件档案的分类、建档与存档、归档与保存等各项管理工作。

文件档案的保密工作参照 IRB SOP/08.03/01.0 文件档案的保密执行。

## 3. 职责

3.1　伦理委员会秘书，工作人员

• 文件档案的分类。

• 文件档案资料的收集，建档、存档。

• 文件档案的整理归档。

3.2　医院档案室工作人员

• 文件档案的整理归档。

• 保存归档文件。

## 4. 流程图

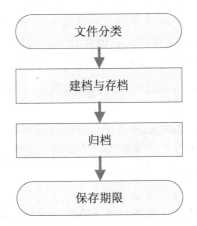

## 5. 流程的操作细则

5.1　文件分类

5.1.1　管理文件类

• 法律法规

　◇ 相关法律、法规与指南。
- 伦理委员会的制度、SOP、指南
　◇ 伦理委员会章程。
　◇ 伦理委员会工作制度，岗位职责，标准操作规程，临床研究主要伦理问题审查技术指南。
　◇ 伦理审查申请/报告指南。
　◇ 伦理委员会 SOP 历史文件库。
- 委员文档
　◇ 委员：任命文件，委员简历，资质证明文件，GCP 与伦理审查培训证书，保密承诺，利益冲突声明。
　◇ 独立顾问：简历，保密承诺，利益冲突声明。
　◇ 伦理委员会工作的授权文件。
- 办公室工作文件
　◇ 通讯录：委员、独立顾问、主要研究者。
　◇ 主要研究者文档：专业履历，GCP 培训证书。
　◇ 委员培训：年度培训计划，培训/考核记录与培训证书。
　◇ 年度工作计划与工作总结。
　◇ 会议记录文件夹：会议议程/日程，会议签到表，会议记录（经会议审核确认的）。
　◇ 工作日志文件夹：实地访查记录，受试者抱怨记录，接受检查的相关文件和记录。
　◇ 研究资料：出版的著作，发表的论文等。
　◇ 审查经费：伦理审查经费的收入与支出记录。

5.1.2　审查项目文件类
- 审查项目文件
　◇ 送审文件：各审查类别（初始审查、复审、跟踪审查）的送审文件。
　◇ 审查文件：受理通知（可以仅保存电子文件），补充/修改送审材料通知（可以仅保存电子文件），审查工作表，会议签到表复印件，投票单，会议决定表，会议记录副本（项目审查的），审查决定文件（伦理审查批件或意见）。
　◇ 沟通交流：与申请人或其它有关人员就审查决定问题的沟通交流记录。

5.1.3　应用软件管理系统
- 伦理委员会应用软件管理系统，对以下工作进行管理：
　◇ 办公室工作文件：通讯录，主要研究者文档，委员培训，年度工作总结，会议记录文件，工作日志文件，审查经费。
　◇ 审查项目送审的信息与上传电子文件。
　◇ 审查项目的受理、处理、审查、传达决定、文档目录的信息与电子文件。
　◇ 审查项目的信息查询：审查项目查询，审查会议查询。
　◇ 审查项目的年度/定期跟踪审查提醒，批件有效期提醒。
　◇ 文件档案查阅记录。

5.2　建档与存档
- 建档
  - ◇ 管理文件类：按上述"文件分类"的子类别建档。
  - ◇ 审查项目文件类：受理初始审查申请时，按"项目"建档；项目档案盒标注受理号，项目名称。
- 存档
  - ◇ 管理文件类
    - ⚑ 当文件生成时，秘书应及时收集整理、分类存档。
    - ⚑ 研究项目送审时，提醒主要研究者核实/更新专业履历与联系方式。
    - ⚑ 每年第 1 季度全面检查管理文件存档情况，必要时予以更新或补充。
  - ◇ 审查项目文件类
    - ⚑ 在送审项目的受理、处理、审查、传达决定的各个阶段，所生成的文件及时存档。
    - ⚑ 加盖"受理章"：送审文件中的申请表/报告原件首页左上角加盖"受理章"，受理人签名并注明日期。
    - ⚑ 加盖"批准章"：经伦理审查批准的研究方案、知情同意书的右上角加盖"批准章"，注明批件号、批准日期和有效期。
    - ⚑ 与申请人的沟通交流文件及时存档。
    - ⚑ 每个审查类别的审查结束时，更新项目档案目录。
- 存档管理
  - ◇ 存档地点：现行文件保存在伦理委员会办公室。
  - ◇ 有序管理：文档编号，分类存放。
  - ◇ 保密：参照 IRB SOP/08.03/01.0 文件档案保密执行。

5.3　归档
- 管理文件类
  - ◇ 伦理委员会的制度、SOP、指南：自批准执行日起，秘书同时归档 1 份。
  - ◇ 委员文档：换届时，秘书归档上一届委员文档。
  - ◇ 办公室工作文件：采用应用软件管理系统进行管理，备份数据库；纸质文件按年度整理装订，保存在伦理委员会办公室/资料档案室。
- 审查项目文件类
  - ◇ 项目结题审查结束时，整理并按序排列该项目各审查类别的纸质文件，确认所有文件无缺漏，逐页标注页码，更新项目档案目录；送医院档案室归档，办理交接手续。
  - ◇ 审查项目的受理、处理、审查、传达决定、文档目录等信息与文件，采用应用软件管理系统进行管理，备份数据库。
- 归档管理
  - ◇ 归档地点：既往文件归档至医院档案室。
  - ◇ 档案室管理：防火，防湿，防鼠，防虫，防盗，保密。

5.4　保存期限

- 伦理委员会的制度、SOP、指南：长期保存。
- 审查项目文件：保存至临床研究结束后五年，或根据申请人（申办者，政府管理部门）的相关要求延长保存期限。
- 应用软件管理系统的电子文件：定期备份数据库，长期保存。

## 6. 相关文件

- IRB SOP/08.03/01.0 文件档案的保密

## 7. 附件表格

| 医院伦理委员会 | | 文件编号 | IRB SOP/08.03/01.0 |
|---|---|---|---|
| 编写者 | | 版本号 | 1.0 |
| 审核者 | | 版本日期 | 20110808 |
| 批准者 | | 批准生效日期 | 20110908 |

# 文件档案的保密

### 1. 目的

为使伦理委员会的文件保密的工作有章可循，特制定本规程，以维护相关权益所有者的利益。

### 2. 范围

本 SOP 适用于伦理委员会办公室划分文件的保密等级，设定访问权限，查阅/复印限制性规定的执行，以及保密的管理工作。

### 3. 职责

3.1　伦理委员会秘书，工作人员

• 确定文件的保密等级。

• 设定访问权限，执行查阅/复印的限制性规定。

• 熟知保密规定，负责保密的管理工作。

3.2　委员，独立顾问

• 熟知并执行文件保密规定。

### 4. 流程图

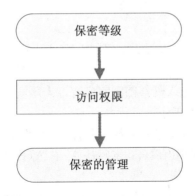

### 5. 流程的操作细则

5.1　保密等级

• 密级定义

　　◇ 公开：可以向公众开放查阅的文件。

　　◇ 秘密：指有理由认为非法泄露后会给文件权益所有者造成损害的文件。

　　◇ 内部文件：指伦理委员会的内部文件，一般不对外公开。

• 文件类别的密级

　　◇ 公开：相关法律、法规与指南；伦理审查申请/报告指南；伦理委员会章程，利

　　益冲突政策，会议规则，岗位职责。

　　◇ 秘密：审查项目文件类；办公室的会议记录文件夹和工作日志文件夹。

　　◇ 内部文件：伦理委员会除公开、秘密外的其它文件。

- 保密期限与解密

　　◇ 秘密：保密期限为 10 年，或根据申请人（申办者，政府管理部门）的相关要求延长保密期限；期满后保密等级降为内部文件。

## 5.2　访问权限

- 秘密文件

　　◇ 伦理委员会委员、独立顾问：在项目审查期间，可以查阅所授权审查项目的送审文件，不能复印；项目审查完成后，及时交回所有送审文件与审查材料。

　　◇ 申请人：凭与送审项目关系的证明，可以查阅/复印其送审项目的审查材料（受理通知，补充/修改送审材料通知，决定文件）。

　　◇ 因质量检查评估活动，需查阅项目审查文件，经办公室主任同意，签署 AF/ZZ-02/01.0 保密承诺，可以在指定地点查阅，送审文件不能复印，可以因检查需要复印审查决定文件；秘书在应用软件管理系统记录上述人员查阅项目审查文件的情况：日期，来访者单位，姓名，联系方式，来访事项，查阅审查项目名称。

- 内部文件

　　◇ 伦理委员会委员、秘书和工作人员可以查阅内部文件，委员文档与主要研究者文档不能复印。

　　◇ 因质量检查评估、学术交流等活动，需查阅内部文件，经办公室主任同意，签署 AF/ZZ-02/01.0 保密承诺，可以在指定地点查阅，不能复印；秘书在应用软件管理系统记录上述人员查阅内部文件的情况。

- 限制性措施

　　◇ 办公室、资料档案室：大门钥匙仅限该房间工作人员持有；室内文件橱柜上锁，钥匙由秘书保管。

　　◇ 获准查阅/复印人员进入资料档案室应有专人陪同，由工作人员调取文件，在指定地点查阅，复印由工作人员代办。

　　◇ 应用软件管理系统：专人负责系统权限管理；根据工作岗位与审查流程，设置不同的访问/编辑权限；采用用户名和密码登录，有访问轨迹记录；数据容灾备份与恢复。

## 5.3　保密的管理

- 委员/独立顾问、秘书与工作人员应熟知并执行文件保密规定。
- 办公室工作人员离开办公室时，必须将文件放入抽屉和文件柜中；不得向无关人员泄露秘密类文件的内容；不能私自复印与外传秘密类文件。
- 人员调职/离职，必须把自己经管、保存的文件资料移交清楚，严禁私自带走。
- 违反保密规定者，给予批评，责令改正；情节严重者，予以行政处分。

## 6.　相关文件

## 7.　附件表格

- AF/ZZ-02/01.0 保密承诺

| 医院伦理委员会 | | 文件编号 | IRB SOP/08.04/01.0 |
|---|---|---|---|
| 编写者 | | 版本号 | 1.0 |
| 审核者 | | 版本日期 | 20110808 |
| 批准者 | | 批准生效日期 | 20110908 |

# 沟通交流记录

### 1. 目的

为使伦理委员会办公室需要记录的沟通交流活动的工作有章可循，特制定本规程，以从程序上保证伦理委员会办公室沟通交流活动得到合理的记录和存档。

### 2. 范围

本 SOP 适用于伦理委员会办公室与申请人、多中心临床研究组长单位伦理委员会，就审查决定相关问题的沟通交流活动，以及提醒申请人提交研究进展报告，提醒伦理审查批件有效期即将到期的工作。

### 3. 职责

伦理委员会秘书，工作人员：

- 记录审查决定相关问题的沟通交流活动。
- 向主审委员、审查会议报告与多中心临床研究组长单位伦理委员会就审查决定相关问题的沟通交流的结果。
- 记录提醒申请人提交研究进展报告，批件有效期即将到期。
- 保存沟通交流记录。

### 4. 流程图

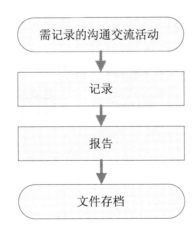

### 5. 流程的操作细则

5.1　需记录的沟通交流活动

- 沟通交流的对象
  - ◇ 申请人。
  - ◇ 多中心临床研究组长单位伦理委员会。

　　　　◇ 其它。

- 沟通交流的事项
　　◇ 与项目审查决定相关的问题，如：
　　　　▲ 伦理审查决定文件传达后，申请人提出疑问，对此进行的沟通交流。
　　　　▲ 我院为多中心临床研究的参加单位，组长单位已经批准了研究项目，我院审查认为可能需要对方案进行某些修改，或可能需要做出否定性决定，但审查会议认为有必要先了解组长单位伦理委员会对这些问题的考虑。
　　◇ 提醒申请人提交研究进展报告；提醒申请人批件有效期到期。
　　◇ 其它重大事项：办公室秘书认为需要记录的重大事项。
- 沟通交流方式
　　◇ 面谈，电话，传真，电子邮件。

## 5.2　记录

- 伦理审查决定相关问题以及其它重大事项的沟通交流：填写 AF/SC-10/01.0 沟通交流记录。
- 提醒提交研究进展报告，批件有效期到期：①电话提醒，在应用软件管理系统记录，记录字段：日期，项目名称，提醒事项；②电子邮件提醒，保存发出与回复的电子邮件。

## 5.3　报告

- 与申请人沟通交流后，申请人接受伦理委员会的审查决定，不需要报告。
- 与申请人沟通交流后，申请人对伦理委员会的审查决定仍持有异议，建议其提出"复审"，进入复审程序。
- 与多中心临床研究组长单位伦理委员会沟通交流的结果，应向主审委员与审查会议报告。
- 提醒提交研究进展报告，批件有效期到期：不需要报告。

## 5.4　文件存档

- 沟通交流记录：存入审查项目文档。
- 提醒提交研究进展报告，批件有效期到期：①电话提醒的记录，应用软件管理系统保存；②电子邮件：保存在办公室电脑"审查提醒"电子文件夹，按日期排序。

## 6. 相关文件

## 7. 附件表格

- AF/SC-10/01.0 沟通交流记录

| 医院伦理委员会 | | 文件编号 | IRB SOP/08.05/01.0 |
|---|---|---|---|
| 编写者 | | 版本号 | 1.0 |
| 审核者 | | 版本日期 | 20110808 |
| 批准者 | | 批准生效日期 | 20110908 |

# 接受检查记录

## 1. 目的
为使伦理委员会办公室准备和接受质量检查的工作有章可循，特制定本规程，以从程序上保证伦理委员会接受检查工作的质量。

## 2. 范围
本 SOP 适用于伦理委员会准备和接受对伦理委员会工作质量的检查工作。

## 3. 职责
### 3.1 伦理委员会秘书
- 接到检查通知。
- 做好检查准备。
- 做好检查的服务工作。
- 接受检查。
- 起草改进计划。
- 落实改进计划，自评估改进情况。
- 向检查部门反馈改进情况。
- 向伦理委员会会议报告改进情况。

### 3.2 委员
- 根据办公室安排，参加检查前的自评估工作。
- 参加检查启动会；接受检查；参加检查的反馈会。
- 落实改进计划。
- 参加改进情况报告会。

### 3.3 主任委员
- 指导检查准备工作。
- 组织检查准备工作，参与接待、欢迎检查专家。
- 组织接受检查工作，参加检查启动会；接受检查；参加检查的反馈会。
- 审批改进计划；落实改进计划；审阅改进情况的报告。
- 组织改进情况报告会。

### 4. 流程图

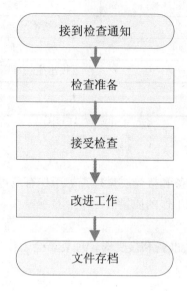

接到检查通知

检查准备

接受检查

改进工作

文件存档

### 5. 流程的操作细则

5.1　接到检查通知

- 接到有关部门的检查通知，包括来自（不限于）：
  ◇ 医院内部对伦理委员会工作质量的评估。
  ◇ 独立的、外部的质量评估/质量认证。
  ◇ 卫生行政部门、药品监督管理部门的监督检查。
- 报告主任委员，通知委员。
- 通报医院有关部门。

5.2　检查准备

- 自查：根据 AF/SC-11/01.0 伦理审查平台建设质量评估要点，以及检查部门的具体要求，伦理委员会办公室组织委员对伦理委员会工作进行自我检查，检查重点包括（但不限于）：
  ◇ 组织：伦理委员会组建与换届符合法规与章程，有相关文件证明；具有必需的行政和财政资源，保证伦理委员会独立履行职责；主任委员、委员与办公室工作人员经过培训、能称职的履行各自职责。
  ◇ 制度与 SOP：符合法规、政策与指南，具有可操作性；SOP 涵盖伦理委员会各项工作。
  ◇ 审查：初始审查、跟踪审查、复审的流程执行 SOP 规定，流程各节点有相应的记录；委员根据方案的研究设计类型和伦理审查类别的审查要素与审查要点，审查每一项研究，审查工作表和会议记录反映了审查过程；审查决定过程规范。
  ◇ 传达决定：传达文件规范，决定意见表述清晰明确，传达时限符合 SOP 规定。
  ◇ 文件档案：伦理委员会有独立的档案管理系统；文件分类存放，标识清楚，文件齐全，记录完整规范；建档、存档、归档工作规范；日常工作采用应用软件管理系统，权限管理规范，定期备份。

- 自评估
  - ◇ 评估伦理委员会 SOP 的执行情况。
  - ◇ 确认是否存在 SOP 执行的疏忽或偏离。
  - ◇ 撰写自评估报告。
- 会务准备
  - ◇ 预定会议室以及所有必需的设备。
  - ◇ 通知委员和相关人员检查日期，请他们参加检查会议。
  - ◇ 安排接待与陪同检查人员。

## 5.3　接受检查

- 主任委员（或授权者）致欢迎词。
- 检查员签署 AF/ZZ-02/01.0 保密承诺。
- 全体委员、秘书和工作人员参加检查启动会议。
- 启动会议开始，检查组陈述检查目的和程序。
- 办公室向检查员提供检查所需要的所有信息和文件。
- 被抽查人员如实、清晰地回答检查员提问。
- 记录检查员的评论和建议。
- 秘书清点、收回提供检查的文件。
- 全体委员、秘书和工作人员参加检查结果反馈会。

## 5.4　改进工作

- 根据检查反馈的意见，回顾检查员的评论和建议，起草改进计划。
- 改进计划交主任委员审核批准。
- 根据改进计划的时间表和步骤改进工作。
- 开展内部检查，评价改进结果。
- 向检查部门反馈改进情况。
- 向伦理委员会会议报告改进情况。

## 5.5　文件存档

- 检查通知，自评估报告，检查反馈意见，改进计划与改进情况等文件存入"工作日志"文件夹。

## 6. 相关文件

## 7. 附件表格

- AF/SC-11/01.0 伦理审查平台建设质量评估要点
- AF/ZZ-02/01.0 保密承诺

# 第四部分 附件表格

## 第一类 列 表

编号：AF/LB-01/01.0

### 制度、指南与 SOP 列表

| 序号 | 制度 | 文件编号 |
|---|---|---|
| 01 | 制度 | |
| 01.01 | 伦理委员会章程 | ZD/01.01/01.0 |
| 01.02 | 利益冲突政策 | ZD/01.02/01.0 |
| 01.03 | 审查会议规则 | ZD/01.03/01.0 |

| 序号 | 指南 | 文件编号 |
|---|---|---|
| 01 | 指南 | |
| 01.01 | 伦理审查申请/报告指南 | IRB SQ/01.01/01.0 |

| 序号 | 标准操作规程 | 文件编号 |
|---|---|---|
| 01 | 标准操作规程的制定 | |
| 01.01 | 标准操作规程的制定 | IRB SOP/01.01/01.0 |
| 02 | 组织管理 | |
| 02.01 | 培训 | IRB SOP/02.01/01.0 |
| 02.02 | 独立顾问的选聘 | IRB SOP/02.02/01.0 |
| 03 | 伦理审查方式 | |
| 03.01 | 会议审查 | IRB SOP/03.01/01.0 |
| 03.02 | 快速审查 | IRB SOP/03.02/01.0 |
| 04 | 方案送审的管理 | |
| 04.01 | 研究项目的受理 | IRB SOP/04.01/01.0 |
| 04.02 | 研究项目的处理 | IRB SOP/04.02/01.0 |
| 05 | 审查 | |
| 05.01 | 初始审查 | IRB SOP/05.01/01.0 |
| 05.02 | 修正案审查 | IRB SOP/05.02/01.0 |

续表

| 序号 | 标准操作规程 | 文件编号 |
|---|---|---|
| 05.03 | 年度/定期跟踪审查 | IRB SOP/05.03/01.0 |
| 05.04 | 严重不良事件审查 | IRB SOP/05.04/01.0 |
| 05.05 | 违背方案审查 | IRB SOP/05.05/01.0 |
| 05.06 | 暂停/终止研究审查 | IRB SOP/05.06/01.0 |
| 05.07 | 结题审查 | IRB SOP/05.07/01.0 |
| 05.08 | 复审 | IRB SOP/05.08/01.0 |
| 06 | 传达决定 | |
| 06.01 | 审查决定的传达 | IRB SOP/06.01/01.0 |
| 07 | 监督检查 | |
| 07.01 | 实地访查 | IRB SOP/07.01/01.0 |
| 07.02 | 受试者抱怨 | IRB SOP/07.02/01.0 |
| 08 | 办公室管理 | |
| 08.01 | 审查会议的管理 | IRB SOP/08.01/01.0 |
| 08.02 | 文件档案的管理 | IRB SOP/08.02/01.0 |
| 08.03 | 文件档案的保密 | IRB SOP/08.03/01.0 |
| 08.04 | 沟通交流记录 | IRB SOP/08.04/01.0 |
| 08.05 | 接受检查记录 | IRB SOP/08.05/01.0 |

编号：AF/LB-02/01.0

# 附件表格列表

| 序号 | 附件表格 | 文件编号 |
|---|---|---|
| LB | 列表 | |
| 01 | 制度、指南与 SOP 列表 | AF/LB-01/01.0 |
| 02 | 附件表格列表 | AF/LB-02/01.0 |
| ZZ | 组织管理 | |
| 01 | 利益冲突声明 | AF/ZZ-01/01.0 |
| 02 | 保密承诺 | AF/ZZ-02/01.0 |
| SQ | 申请/报告 | |
| 01 | 送审文件清单 | AF/SQ-01/01.0 |
| 02 | 初始审查申请 | AF/SQ-02/01.0 |
| 03 | 修正案审查申请 | AF/SQ-03/01.0 |
| 04 | 研究进展报告 | AF/SQ-04/01.0 |
| 05 | 严重不良事件报告 | AF/SQ-05/01.0 |
| 06 | 违背方案报告 | AF/SQ-06/01.0 |
| 07 | 暂停/终止研究报告 | AF/SQ-07/01.0 |
| 08 | 结题报告 | AF/SQ-08/01.0 |
| 09 | 复审申请 | AF/SQ-09/01.0 |
| SL | 方案送审的受理 | |
| 01 | 补充/修改送审材料通知 | AF/SL-01/01.0 |
| 02 | 受理通知 | AF/SL-02/01.0 |
| SG | 审查/咨询工作表 | |
| 01 | 方案审查工作表：实验性研究 | AF/SG-01/01.0 |
| 02 | 方案审查工作表：回顾性观察性研究 | AF/SG-02/01.0 |
| 03 | 方案审查工作表：前瞻性观察性研究 | AF/SG-03/01.0 |
| 04 | 知情同意审查工作表：实验性研究 | AF/SG-04/01.0 |
| 05 | 知情同意审查工作表：回顾性观察性研究 | AF/SG-05/01.0 |
| 06 | 知情同意审查工作表：免除知情同意 | AF/SG-06/01.0 |
| 07 | 知情同意审查工作表：前瞻性观察性研究 | AF/SG-07/01.0 |
| 08 | 修正案审查工作表 | AF/SG-08/01.0 |
| 09 | 年度/定期跟踪审查工作表 | AF/SG-09/01.0 |
| 10 | 严重不良事件审查工作表 | AF/SG-10/01.0 |
| 11 | 违背方案审查工作表 | AF/SG-11/01.0 |

续表

| 序号 | 附件表格 | 文件编号 |
|---|---|---|
| 12 | 暂停/终止研究审查工作表 | AF/SG-12/01.0 |
| 13 | 结题审查工作表 | AF/SG-13/01.0 |
| 14 | 复审工作表（初审后的复审） | AF/SG-14/01.0 |
| 15 | 复审工作表（跟踪审查后的复审） | AF/SG-15/01.0 |
| 16 | 独立顾问咨询工作表 | AF/SG-16/01.0 |
| SC | 审查（秘书用） | |
| 01 | 会议议程 | AF/SC-01/01.0 |
| 02 | 会议签到表 | AF/SC-02/01.0 |
| 03 | 投票单 | AF/SC-03/01.0 |
| 04 | 会议审查决定表 | AF/SC-04/01.0 |
| 05 | 快审主审综合意见 | AF/SC-05/01.0 |
| 06 | 会议记录 | AF/SC-06/01.0 |
| 07 | 伦理审查意见 | AF/SC-07/01.0 |
| 08 | 伦理审查批件 | AF/SC-08/01.0 |
| 09 | 伦理审查决定文件签收表 | AF/SC-09/01.0 |
| 10 | 沟通交流记录 | AF/SC-10/01.0 |
| 11 | 伦理审查平台建设质量评估要点 | AF/SC-11/01.0 |
| JJ | 监督检查 | |
| 01 | 实地访查记录 | AF/JJ-01/01.0 |
| 02 | 受试者抱怨记录 | AF/JJ-02/01.0 |
| FJ | 附件 | |
| 01 | 术语表 | AF/FJ-01/01.0 |
| 02 | 参考文献 | AF/FJ-02/01.0 |

# 第二类　组织管理

编号：AF/ZZ-01/01.0

## 利益冲突声明

我同意参加伦理委员会的审查/咨询工作，为了保证伦理审查/咨询工作的公正性和独立性，我声明如下：

1. 当与审查项目存在以下（但不限于）利益冲突，我将主动向伦理委员会声明并回避该项目的审查决定/咨询：

- 存在与申办者之间购买、出售/出租、租借任何财产或不动产的关系。
- 存在与申办者之间的雇佣与服务关系，或赞助关系，如受聘公司的顾问或专家，接受申办者提供的科研基金，赠予的礼品，仪器设备，顾问费或专家咨询费。
- 存在与申办者之间授予任何许可、合同与转包合同的关系，如专利许可，科研成果转让等。
- 存在与申办者之间的投资关系，如购买申办者公司的股票。
- 本人的配偶、子女、父母、合伙人与研究项目申办者存在经济利益、担任职务，或本人与研究项目申办者之间有直接的家庭成员关系。
- 本人同时承担所审查/咨询项目的研究人员职责。

2. 接受医院相关部门、政府食品药品监督管理部门、卫生行政主管部门的监督与检查。

3. 如果我发现伦理委员会审查工作中存在任何可能导致利益冲突的情况，我将向伦理委员会报告，以便伦理委员会采取恰当的措施进行处理。


签名：

日期：　　　　年　　　　月　　　　日

编号：AF/ZZ-02/01.0

# 保 密 承 诺

## 一、承诺人

□伦理委员会委员 　　　□独立顾问 　　　□伦理委员会秘书

□伦理委员会工作人员 　　□检查员 　　　□其它

## 二、保密范围

### 1. 秘密文件

- 审查项目的送审文件。
- 送审项目的审查文件：审查工作表，咨询工作表，会议议程/日程，会议签到表，会议记录，投票单，会议审查决定表，快审主审综合意见，信息交流记录，决定文件。
- 实地访查记录，受试者抱怨记录。

### 2. 内部文件

- 委员文档。
- 主要研究者文档。
- 通讯录。
- 审查经费收支记录。

## 三、保密义务

1. 我承诺所接触的秘密文件仅用于研究项目的审查/咨询目的，或仅用于检查伦理审查工作的目的；我承诺与所接触的秘密文件的研究送审项目申请人之间如果存在任何利益冲突，我将主动声明并回避。

2. 我承诺所接触的内部文件仅用于检查伦理审查工作或学术交流的目的。

3. 我承诺对本协议保密范围内的所有的信息保密，不向任何第三方泄露，不借此为自己或第三方谋利。

4. 我承诺不复制、不留存本协议保密范围内的所有信息。

我已被告知，如果违背承诺，我将承担由此而导致的法律责任。


签名：

日期： 　　　年 　　月 　　日

# 第三类　申请/报告

编号：AF/SQ-01/01.0

## 送审文件清单

### 一、初始审查

1. 初始审查申请·药物临床试验
- 初始审查申请（申请者签名并注明日期）
- 临床研究方案（注明版本号/版本日期）
- 知情同意书（注明版本号/版本日期）
- 招募受试者的材料
- 病例报告表
- 研究者手册
- 主要研究者专业履历
- 组长单位伦理委员会批件
- 其它伦理委员会对申请研究项目的重要决定
- 国家食品药品监督管理局临床研究批件
- 其它

2. 初始审查申请·医疗器械临床试验
- 初始审查申请（申请者签名并注明日期）
- 临床研究方案（注明版本号/版本日期）
- 知情同意书（注明版本号/版本日期）
- 招募受试者的材料
- 病例报告表
- 研究者手册
- 医疗器械说明书
- 注册产品标准或相应的国家、行业标准
- 产品质量检测报告
- 医疗器械动物实验报告
- 主要研究者专业履历
- 其它伦理委员会对申请研究项目的重要决定
- 国家食品药品监督管理局临床研究批件
- 其它

3. 初始审查申请·临床科研课题
- 初始审查申请（申请者签名并注明日期）
- 临床研究方案（注明版本号/版本日期）

- 知情同意书（注明版本号/版本日期）
- 招募受试者的材料
- 病例报告表
- 研究者手册
- 主要研究者专业履历
- 组长单位伦理委员会批件
- 其它伦理委员会对申请研究项目的重要决定
- 科研项目批文/任务书
- 其它

## 二、跟踪审查

1. 修正案审查申请
- 修正案审查申请
- 临床研究方案修正说明页
- 修正的临床研究方案（注明版本号/版本日期）
- 修正的知情同意书（注明版本号/版本日期）
- 修正的招募材料
- 其它

2. 研究进展报告
- 研究进展报告
- 其它

3. 严重不良事件报告
- 严重不良事件报告

4. 违背方案报告
- 违背方案报告

5. 暂停/终止研究报告
- 暂停/终止研究报告
- 研究总结报告

6. 结题报告
- 结题报告
- 研究总结报告

## 三、复审

复审申请
- 复审申请
- 修正的临床研究方案（注明版本号/版本日期）
- 修正的知情同意书（注明版本号/版本日期）
- 修正的招募材料
- 其它

编号：AF/SQ-02/01.0

## 初始审查申请

| 项　　目 | |
|---|---|
| 项目来源 | |
| 项目批件号 | |
| 方案版本号 | 方案版本日期 |
| 知情同意书版本号 | 知情同意书版本日期 |
| 组长单位 | |
| 组长单位主要研究者 | |
| 参加单位 | |
| 本院承担科室 | |
| 本院主要研究者 | |

**研究信息**

- 方案设计类型
  - ◇ □实验性研究
  - ◇ □观察性研究：□回顾性分析，□前瞻性研究
- 研究信息
  - ◇ 资金来源：□企业，□政府，□学术团体，□本单位，□自筹
  - ◇ 数据与安全监察委员会：□有，□无
  - ◇ 其它伦理委员会对该项目的否定性或提前中止的决定：□无，□有→请提交相关文件
  - ◇ 研究需要使用人体生物标本：□否，□是→填写下列选项
    - ➤ 采集生物标本：□是，□否
    - ➤ 利用以往保存的生物标本：□是，□否
  - ◇ 研究干预超出产品说明书范围，没有获得行政监管部门的批准：□是，□否（选择"是"，填写下列选项）
    - ➤ 研究结果是否用于注册或修改说明书：□是，□否
    - ➤ 研究是否用于产品的广告：□是，□否
    - ➤ 超出说明书使用该产品，是否显著增加了风险：□是，□否
  - ◇ 医疗器械的类别：□Ⅰ类，□Ⅱ类，□Ⅲ类，□体外诊断试剂
- 招募受试者
  - ◇ 谁负责招募：□医生，□研究者，□研究助理，□研究护士，□其它：＿＿＿＿
  - ◇ 招募方式：□广告，□个人联系，□数据库，□中介，□其它：＿＿＿＿＿
  - ◇ 招募人群特征：□健康者，□患者，□弱势群体，□孕妇
    - ➤ 弱势群体的特征（选择弱势群体，填写选项）：□儿童/未成年人，□认知障碍或健康状况而没有能力做出知情同意的成人，□申办者/研究者的雇员或学

生，□教育/经济地位低下的人员，□疾病终末期患者，□囚犯或劳教人员，
□其它：_____

  ▲ 知情同意能力的评估方式（选择弱势群体，填写该选项）：□临床判断，
  □量表，□仪器

  ▲ 涉及孕妇研究的信息（选择孕妇，填写该选项）：□没有通过经济利益引诱
  其中止妊娠，□研究人员不参与中止妊娠的决策，□研究人员不参与新生儿
  生存能力的判断

 ◇ 受试者报酬：□有，□无

  ▲ 报酬金额：_____

  ▲ 报酬支付方式：□按随访观察时点，分次支付，□按完成的随访观察工作量，
  一次性支付，□完成全部随访观察后支付

- 知情同意的过程
 ◇ 谁获取知情同意：□医生/研究者，□医生，□研究者，□研究护士，□研究助理
 ◇ 获取知情同意地点：□私密房间/受试者接待室，□诊室，□病房
 ◇ 知情同意签字：□受试者签字，□法定代理人签字

  ▲ 知情同意的例外：□否，□是→填写下列选项

 ◇ □申请开展在紧急情况下无法获得知情同意的研究：

  ▲ 研究人群处于危及生命的紧急状况，需要在发病后很快进行干预。

  ▲ 在该紧急情况下，大部分病人无法给予知情同意，且没有时间找到法定代理人。

  ▲ 缺乏已被证实有效的治疗方法，而试验药物或干预有望挽救生命，恢复健康，
  或减轻病痛。

 ◇ □申请免除知情同意·利用以往临床诊疗中获得的病历/生物标本的研究。

 ◇ □申请免除知情同意·研究病历/生物标本的二次利用。

 ◇ □申请免除知情同意签字·签了字的知情同意书会对受试者的隐私构成不正当的
 威胁，联系受试者真实身份和研究的唯一记录是知情同意文件，并且主要风险就
 来自于受试者身份或个人隐私的泄露。

 ◇ □申请免除知情同意签字·研究对受试者的风险不大于最小风险，并且如果脱离
 "研究"背景，相同情况下的行为或程序不要求签署书面知情同意。如访谈研究，
 邮件/电话调查。

- 主要研究者信息
 ◇ 主要研究者声明：□本人与该研究项目不存在利益冲突，□本人与该研究项目存
 在利益冲突
 ◇ 主要研究者负责的在研项目数：_____　项
 ◇ 主要研究者负责的在研项目中，与本项目的目标疾病相同的项目数：_____　项

| 申请人责任声明 | 我将遵循 GCP、方案以及伦理委员会的要求，开展本项临床研究 | | |
|---|---|---|---|
| 申请人签字 | | 日期 | |

编号：AF/SQ-03/01.0

# 修正案审查申请

| 项　目 | | | |
|---|---|---|---|
| 项目来源 | | | |
| 方案版本号 | | 方案版本日期 | |
| 知情同意书版本号 | | 知情同意书版本日期 | |
| 伦理审查批件号 | | 主要研究者 | |

## 一、一般信息

- 提出修正者：□项目资助方，□研究中心，□主要研究者
- 修正类别：□研究设计，□研究步骤，□受试者例数，□纳入排除标准，□干预措施，□知情同意书，□招募材料，□其它：＿＿＿＿＿＿
- 为了避免对受试者造成紧急伤害，在提交伦理委员会审查批准前对方案进行了修改并实施：□不适用，□是

## 二、修正的具体内容与原因

## 三、修正案对研究的影响

- 修正案是否增加研究的预期风险：□是，□否
- 修正案是否降低受试者预期受益：□是，□否
- 修正案是否涉及弱势群体：□是，□否
- 修正案是否增加受试者参加研究的持续时间或花费：□是，□否
- 如果研究已经开始，修正案是否对已经纳入的受试者造成影响：□不适用，□是，□否
- 在研受试者是否需要重新获取知情同意：□是，□否

| 申请人签字 | | 日期 | |
|---|---|---|---|

编号：AF/SQ-04/01.0

# 研究进展报告

| 项 目 | | | |
|---|---|---|---|
| 项目来源 | | | |
| 方案版本号 | | 方案版本日期 | |
| 知情同意书版本号 | | 知情同意书版本日期 | |
| 伦理审查批件号 | | 主要研究者 | |
| 伦理审查批件有效期 | | | |

## 一、受试者信息

- 合同研究总例数：
- 已入组例数：
- 完成观察例数：
- 提前退出例数：
- 严重不良事件例数：
- 已报告的严重不良事件例数：

## 二、研究进展情况

- 研究阶段：□研究尚未启动，□正在招募受试者（尚未入组），□正在实施研究，□受试者的试验干预已经完成，□后期数据处理阶段
- 是否存在影响研究进行的情况：□否，□是→请说明：
- 是否存在与试验干预相关的、非预期的、严重不良事件：□是，□否
- 研究风险是否超过预期：□是，□否
- 是否存在影响研究风险与受益的任何新信息、新进展：□否，□是→请说明
- 研究中是否存在影响受试者权益的问题：□否，□是→请说明
- 严重不良事件或方案规定必须报告的重要医学事件已经及时报告：□不适用，□是，□否

## 三、其它

- 是否申请延长伦理审查批件的有效期：□是，□否

| 申请人签字 | | 日期 | |
|---|---|---|---|

编号：AF/SQ-05/01.0

# 严重不良事件报告

| 试验相关资料 | |
|---|---|
| 研究药物名称 | |
| 研究药物分类 | □中药，□化学药品，□预防用生物制品，□治疗用生物制品，□其它 |
| 临床试验批准文号 | |
| 研究分类 | □Ⅰ期，□Ⅱ期，□Ⅲ期，□Ⅳ期，□生物等效性试验，□其它 |
| □首次报告（日期：　　年　月　日），□随访报告 | |
| **申办单位** | |
| 申办单位名称 | |
| 申办单位地址 | |
| 电话 | 传真 |
| **研究单位** | |
| 研究机构名称 | |
| 研究机构地址 | |
| 电话 | 传真 |
| **受试者** | |
| 姓名拼音首字母缩写 | |
| 受试者（药物/随机）编码 | |
| 出生日期 | 　　年　月　日 |
| 性别 | □男，□女 |
| 体重 | ＿＿.＿公斤 |
| 身高 | 厘米 |
| **SAE 分类** | |
| □住院，□延长住院时间，□致畸，□危及生命，□永久或严重致残，□其它重要医学事件 | |
| □死亡，死亡时间：　　年　月　日 | |
| **SAE 名称及描述** | |
| SAE 名称 | （如可能，请作出诊断，并使用专业术语） |
| SAE 是否预期 | □否，□是（已在临床试验方案/知情同意书中说明） |
| SAE 发生时间 | 　　年　月　日 |
| SAE 获知时间 | 　　年　月　日 |
| SAE 描述（包括受试者相关病史，SAE 的症状／体征、治疗、发生及转归过程／结果和 SAE 可能原因分析，如有更多信息可另附页记录）： | |

**相关实验室/其它检查结果**

| 实验室/检查项目 | 结果 | 单位 | 检查日期 | 对结果的说明 |
|---|---|---|---|---|
|  |  |  |  |  |
|  |  |  |  |  |
|  |  |  |  |  |
|  |  |  |  |  |

**研究用药**

| 药物名称 | 剂量/日 | 给药途径 | 首次用药日期 | 用药中 | 停药日期 |
|---|---|---|---|---|---|
|  |  |  | 年 月 日 | □是，□否 | 年 月 日 |
|  |  |  | 年 月 日 | □是，□否 | 年 月 日 |
|  |  |  | 年 月 日 | □是，□否 | 年 月 日 |

注1：如为设盲试验，是否紧急破盲：□是，□否→请在上述"药物名称"栏填写药物编号

注2：如方案规定需调整研究用药剂量，请说明：

**伴随用药**

| 药物名称 | 剂量/日 | 给药途径 | 首次用药日期 | 用药中 | 停药日期 | 用药原因 |
|---|---|---|---|---|---|---|
|  |  |  | 年 月 日 | □是，□否 | 年 月 日 |  |
|  |  |  | 年 月 日 | □是，□否 | 年 月 日 |  |
|  |  |  | 年 月 日 | □是，□否 | 年 月 日 |  |
|  |  |  | 年 月 日 | □是，□否 | 年 月 日 |  |

**可能与 SAE 有关的药物**（如非药物因素导致 SAE，此栏内容可不填）

| 可能与 SAE 有关的药物名称 |  |
|---|---|
| 该药物属于本临床试验的 | □研究用药（如果非盲/破盲：□试验药物，□对照药物），□伴随用药 |
| 该药物适应证 |  |
| 首次用药至 SAE 发生的时间 | 天（如果能够精确计算： 时 分） |
| 末次用药至 SAE 发生的时间 | 天（如果能够精确计算： 时 分） |

**SAE 与研究用药的关系**（因果关系）

□无关，□可能无关，□可能有关，□很可能有关，□有关，□现有信息无法判断

**采取的措施**

□无，□调整研究用药剂量，□暂停研究用药，□停用研究用药，□停用伴随用药，□增加新的治疗药物，□应用非药物治疗，□延长住院时间，□修改方案/知情同意书

**转归**

□完全痊愈，□症状改善，□症状恶化，□痊愈，有后遗症，□症状无变化，□死亡

尸检：□否，□是（请附尸检报告）

**报告**

| 报告人签字 |  |
|---|---|
| 本次报告日期 | 年 月 日 |

编号：AF/SQ-06/01.0

# 违背方案报告

| 项　　目 | | | |
|---|---|---|---|
| 项目来源 | | | |
| 方案版本号 | | 方案版本日期 | |
| 知情同意书版本号 | | 知情同意书版本日期 | |
| 伦理审查批件号 | | 主要研究者 | |

**一、违背方案的情况**

- 纳入不符合纳入标准的受试者：□是，□否
- 研究过程中，符合提前中止研究标准而没有让受试者退出：□是，□否
- 给予受试者错误的治疗或不正确的剂量：□是，□否
- 给予受试者方案禁用的合并用药：□是，□否
- 任何偏离研究特定的程序或评估，从而对受试者的权益、安全和健康，或对研究结果产生显著影响的研究行为：□是，□否
- 违背方案事件的描述：

**二、违背方案的影响**

- 是否影响受试者的安全：□是，□否
- 是否影响受试者的权益：□是，□否
- 是否对研究结果产生显著影响：□是，□否

**三、违背方案的处理措施**

| 申请人签字 | | 日期 | |
|---|---|---|---|

编号：AF/SQ-07/01.0

# 暂停/终止研究报告

| 项　　目 | | | |
|---|---|---|---|
| 项目来源 | | | |
| 方案版本号 | | 方案版本日期 | |
| 知情同意书版本号 | | 知情同意书版本日期 | |
| 伦理审查批件号 | | 主要研究者 | |

## 一、一般信息

- 研究开始日期：
- 研究暂停/终止日期：

## 二、受试者信息

- 合同研究总例数：
- 已入组例数：
- 完成观察例数：
- 提前退出例数：
- 严重不良事件例数：
- 已报告的严重不良事件例数：

## 三、暂停/终止研究的原因

## 四、有序终止研究的程序

- 是否要求召回已完成研究的受试者进行随访：□是，□否
- 是否通知在研的受试者，研究已经提前终止：□是，□否→请说明：
- 在研受试者是否提前终止研究：□是，□否→请说明：
- 提前终止研究受试者的后续医疗与随访安排：□转入常规医疗，□有针对性的安排随访检查与后续治疗→请说明：

| 申请人签字 | | 日期 | |
|---|---|---|---|

编号：AF/SQ-08/01.0

# 结 题 报 告

| 项 目 | |
|---|---|
| 项目来源 | |
| 方案版本号 | | 方案版本日期 | |
| 知情同意书版本号 | | 知情同意书版本日期 | |
| 伦理审查批件号 | | 主要研究者 | |

## 一、受试者信息

- 合同研究总例数：
- 已入组例数：
- 完成观察例数：
- 提前退出例数：
- 严重不良事件例数：
- 已报告的严重不良事件例数：

## 二、研究情况

- 研究开始日期：
- 最后 1 例出组日期：
- 是否存在与研究干预相关的、非预期的严重不良事件：□是，□否
- 研究中是否存在影响受试者权益的问题：□否，□是→请说明：
- 严重不良事件或方案规定必须报告的重要医学事件已经及时报告：□不适用，
  □是，□否

| 申请人签字 | | 日期 | |
|---|---|---|---|

编号：AF/SQ-09/01.0

# 复 审 申 请

| 项　　目 | | | |
|---|---|---|---|
| 项目来源 | | | |
| 方案版本号 | | 方案版本日期 | |
| 知情同意书版本号 | | 知情同意书版本日期 | |
| 伦理审查意见号 | | 主要研究者 | |

**修正情况**

- 完全按伦理审查意见修改的部分



- 参考伦理审查意见修改的部分



- 没有修改，对伦理审查意见的说明



| 申请人签字 | | 日期 | |
|---|---|---|---|

# 第四类　方案送审的受理

编号：AF/SL-01/01.0

## 补充/修改送审材料通知

| 申请人 | |
|---|---|
| 项目名称 | |
| 项目来源 | |
| 申请/报告类别 | |

| 补充送审材料 | |
|---|---|

| 修改送审材料名称 | 修改内容 |
|---|---|
| | |
| | |

| 伦理委员会 | |
|---|---|
| 受理人签字 | |
| 日期 | |

编号: AF/SL-02/01.0

# 受 理 通 知

| 申请人 | |
|---|---|
| 项目名称 | |
| 项目来源 | |
| 申请/报告类别 | |
| 受理号 | |

| 送审材料 | |
|---|---|

| 伦理委员会 | |
|---|---|
| 受理人签字 | |
| 日期 | |

## 第五类　审查/咨询工作表

编号：AF/SG-01/01.0

# 方案审查工作表

## （实验性研究）

| 项　　目 | | | |
|---|---|---|---|
| 项目来源 | | | |
| 方案版本号 | | 方案版本日期 | |
| 知情同意书版本号 | | 知情同意书版本日期 | |
| 受理号 | | 主审委员 | |

### 一、研究的科学设计与实施

◆**审查原则**

- 符合公认的科学原理，并有充分的相关科学文献作为依据
- 研究方法合乎研究目的并适用于研究领域
- 研究者和其它研究人员胜任该项研究

审查要素

- 研究是否具有科学和社会价值？
  - ◇ 研究预期能获得可推广的知识：□是，□否
  - ◇ 将改进现有的预防、诊断和治疗干预措施（治疗方法、操作程序）：□是，□否
  - ◇ 将提供更多的预防、诊断和治疗干预措施的选择，满足社会不同的需求：□是，□否
- 研究是否有充分的依据？
  - ◇ 研究有既往临床经验、文献资料、药学药理、前期临床研究的结果支持：□是，□否
- 研究设计是否能够回答研究问题？
  - ◇ 观察指标的选择合适：□是，□否
  - ◇ 研究期限足以观察到终点指标/替代指标的变化：□是，□否
  - ◇ 采用了公认有效的干预措施作为对照：□是，□否
  - ◇ 安慰剂或空白对照是基于：
    - ⬥ 当前不存在被证明有效的干预措施：□不适用，□是，□否
    - ⬥ 出于令人信服的以及科学合理的方法学上的理由，使用安慰剂是确定一种干

预措施的有效性或安全性所必须的，而且使用安慰剂或不予治疗不会使患者遭受任何严重的风险或不可逆的伤害：□不适用，□是，□否

◇ 研究设计避免了选择性偏倚：□是，□否

◇ 样本量计算及其统计学依据是否合理：□不适用，□是，□否

- 纳入/排除标准是否恰当？
  ◇ 所选择的受试者能够代表目标人群：□是，□否

  ◇ 排除了对试验风险高危的人群：□是，□否

  ◇ 限制了混杂因素：□是，□否

- 研究步骤是否具有控制风险的措施，避免将受试者暴露于不必要的风险？
  ◇ 筛选步骤合理：□不适用，□是，□否

  ◇ 耐受性研究是剂量逐级递增，进行下一剂量组研究应基于上一剂量组的结果：□不适用，□是，□否

  ◇ 受试者参加该研究是否需要终止其现有治疗：□是，□否

  ◇ 参加该研究是否需要终止或推迟常规治疗：□是，□否

  ◇ 在清洗期对受试者的监护充分：□不适用，□是，□否

  ◇ 根据研究目的，应用放射性、侵入性诊断方法合理：□不适用，□是，□否

  ◇ 研究所使用受试者活检组织标本、和（或）术后切除组织，已进行了医疗所必需的病理学诊断：□不适用，□是，□否

  ◇ 随访的程序与频率合理，能有效观察效应的变化：□不适用，□是，□否

  ◇ 提前退出研究的标准恰当：□是，□否

  ◇ 如果受试者退出研究，是否安排了适当的随访或会推荐其它治疗：□是，□否

  ◇ 暂停或终止整个研究的标准恰当：□是，□否

  ◇ 不良事件处理预案恰当：□是，□否

  ◇ 根据研究风险程度，制定了合理的数据与安全监察计划：□是，□否

- 研究实施条件是否满足试验需要？
  ◇ 主要研究者经过 GCP 培训，具有试验方案中所要求的专业知识和经验，有充分的时间参加临床研究：□是，□否

  ◇ 参与研究的人员在教育与经验方面都有资格承担他们的研究任务：□是，□否

  ◇ 研究场所、仪器条件能够满足研究任务的需要：□是，□否

- 研究结果的发表或公开是否符合赫尔辛基宣言的要求？
  ◇ 方案规定阴性的或未得出结论的研究结果应同阳性结果一样发表或公开：□是，□否

## 二、研究的风险与受益

◆审查原则

- 受试者的权益、安全和健康必须高于对科学和社会利益的考虑
- 受试者的风险相对于预期的受益应合理，并且风险最小化

审查要素

- 风险与受益的评估
  - ◇ 风险的等级：□最小风险，□大于最小风险
  - ◇ 受试者的受益：□有直接受益的前景，□没有直接受益的前景
- 风险相对于受益是否合理？
  - ◇ 有直接受益的前景：与任何可得到的替代方法相比，研究预期受益至少是同样有利的；风险相对于受试者预期受益而言是合理的：□不适用，□是，□否
  - ◇ 没有直接受益的前景：受试者参与研究的风险相对于社会预期受益而言是合理的；研究所获得的知识是重要的：□不适用，□是，□否

## 三、受试者的招募

◆审查原则

- 受试者的选择是公正的
- 尊重受试者的隐私，避免胁迫和不正当的影响
- 合理的激励与补偿，避免过度劝诱

审查要素

- 受试者选择是否公正？
  - ◇ 考虑到研究目的与开展研究的环境，计划招募的人群特征（包括性别、年龄、文化程度、文化背景、经济状况和种族）是合理的：□是，□否
- 招募方式是否合理？
  - ◇ 接触与招募受试者的方式避免侵犯/泄露受试者的隐私：□是，□否
  - ◇ 招募材料避免夸大研究的潜在受益、低估研究的预期风险：□是，□否
  - ◇ 招募者的身份不会对受试者造成不正当的影响：□是，□否
- 激励与补偿是否合理？
  - ◇ 是否给予受试者激励与补偿：□给予，□不给予
  - ◇ 给予受试者激励与补偿的数量是否合理：□是，□否
  - ◇ 激励与补偿的支付方式是否合理（参考以下要点）：□是，□否
    - ➤ 受试者因与研究有关的原因（如药物副作用、健康原因）退出研究，应作为完成全部研究而获报酬或补偿；
    - ➤ 受试者因其它理由退出研究，应按参加工作量的比例而获得报酬；
    - ➤ 研究者因受试者故意不依从而必须从研究中淘汰，有权扣除其部分或全部报酬；
    - ➤ 受试者监护人不应得到除交通费用和有关开支以外的其它补偿；
  - ◇ 不给予受试者激励与补偿是否合理：□是，□否

### 四、受试者的医疗和保护

◆ **审查原则**

- 研究者负责做出与临床试验相关的医疗决定，并保证所做出的任何医疗决定都是基于受试者的利益
- 受试者不能因参加研究而被剥夺合理治疗的权利

*审查要素*

- 研究者能否胜任受试者的医疗与保护？
  - ✧ 研究人员的医疗执业资格和经验，能胜任受试者的安全保护与医疗：□是，□否
- 研究过程中受试者是否获得适当的医疗与保护？
  - ✧ 因研究目的而撤销或不给予标准治疗的设计理由合理：□不适用，□是，□否
  - ✧ 在研究过程中，为受试者提供适当的医疗保健：□是，□否
  - ✧ 为受试者提供适当的医疗监测、心理与社会支持：□是，□否
  - ✧ 受试者自愿退出研究时拟采取的措施恰当：□是，□否
- 研究结束后受试者是否获得适当的医疗与保护？
  - ✧ 在研究结束后，为受试者提供适当的医疗保健：□是，□否
  - ✧ 延长使用、紧急使用、和（或）出于同情而使用研究产品的标准：□不适用，□是，□否
  - ✧ 研究结束后，受试者可获得研究产品的计划的说明：□不适用，□是，□否
- 受损伤受试者的治疗和补偿是否合理？
  - ✧ 由于参与研究造成受试者的损伤/残疾/死亡的补偿或治疗的规定合理：□是，□否

### 五、隐私和保密

◆ **审查原则**

- 采取的措施足以保护受试者的隐私与数据的机密性

*审查要素*

- 保密措施是否恰当？
  - ✧ 规定了可以接触受试者个人资料（包括医疗记录、生物学标本）人员范围：□是，□否
  - ✧ 制定了数据安全的措施（如数据匿名），保护受试者数据的机密：□是，□否
- 研究结果发表/公开是否恰当？
  - ✧ 规定了研究结果的发表将不会泄露受试者的个人信息：□是，□否
  - ✧ 某些可能对团体、社会或以人种/民族定义的人群利益带来风险的研究，考虑了

有关各方的利益，以适当的方式发表研究结果，或在某些情况下不公开：□不适用，□是，□否

## 六、弱势群体的考虑

◆审查原则

- 纳入弱势人群作为受试者的理由是正当与合理的
- 采取特殊的措施，确保该人群的权益和健康

审查要素

- 研究是否涉及弱势群体：□否（请跳过本部分），□是→请选择人员类别（可多选）：
  ◇ □儿童/未成年人，□认知障碍或因健康状况而没有能力做出知情同意的成人，□申办者/研究者的雇员或学生，□教育/经济地位低下的人员，□疾病终末期患者，□囚犯，□其它：
- 选择弱势人群为受试者的理由是否正当与合理？
  ◇ 以比弱势群体情况较好者为受试者，研究不能同样很好地进行：□是，□否
  ◇ 研究是为获得该弱势群体特有的或独特疾病/健康问题的诊断、预防或治疗知识；并且成功的研究成果将能合理地用于该人群：□是，□否
- 该人群的权益和健康的考虑是否适当？
  ◇ 对受试者没有直接受益前景的研究，研究所伴随的风险不大于该类人群的常规体格检查或心理学检查的风险：□不适用，□是，□否
  ◇ 对受试者没有直接受益前景的研究，研究所伴随的风险轻微或较小地超过该类人群的常规体格检查或心理学检查的风险：研究干预措施符合医疗常规的适应证，或与受试者曾经历的、或在研究条件下可能经历的临床干预措施比较是相当的：□不适用，□是，□否
  ◇ 依据风险程度，方案制定了专门的实质性或程序性保护措施：□不适用，□是，□否
  ◇ 当受试者没有能力或不能充分地给予知情同意时（如未到法定年龄，或严重痴呆病人），应获得其合法代表的同意；同时，应根据受试者可理解程度告知受试者有关试验情况；如可能，受试者应签署书面知情同意书并注明日期：□是，□否

## 七、特定疾病人群、特定地区人群/族群的考虑

◆审查原则

- 考虑该人群/族群的特点，采取特殊的措施，确保该人群的权益和健康
- 促进当地的医疗保健与研究能力的发展

审查要素

- 研究是否涉及特定疾病人群、特定地区人群/族群：□否（请跳过本部分），□是
- 研究与该人群特点的相互影响是否妥善处理？
  - ✧ 合理考虑了研究对特殊疾病人群、特定地区人群/族群造成的影响：□是，□否
  - ✧ 合理考虑了外界因素对个人知情同意的影响：□是，□否
  - ✧ 必要时，有向该人群进行咨询的计划：□是，□否
- 研究是否促进地区医疗保健与研究能力的发展？
  - ✧ 培训研究和卫生保健人员：□是，□否
  - ✧ 根据能力培养的需要，提供适当的财务与其它帮助：□是，□否
  - ✧ 加强当地的卫生保健服务，提高应对公共卫生需求的能力，提供必要的物质条件：□是，□否

| 审查意见 | |
|---|---|
| 建议： | |
| □同意，□作必要的修正后同意，□作必要的修正后重审，□不同意 | |
| □提交会议审查 | |
| 跟踪审查频率 | ＿＿＿ 个月 |
| 伦理委员会 | |
| 主审委员声明 | 作为审查人员，我与该研究项目之间不存在相关的利益冲突 |
| 签名 | |
| 日期 | |

编号：AF/SG-02/01.0

# 方案审查工作表

## （回顾性观察性研究）

| 项　　目 | | | |
|---|---|---|---|
| 项目来源 | | | |
| 方案版本号 | | 方案版本日期 | |
| 知情同意书版本号 | | 知情同意书版本日期 | |
| 受理号 | | 主审委员 | |

## 一、研究的科学设计与实施

◆**审查原则**

• 符合公认的科学原理，并有充分的相关科学文献作为依据
• 研究方法合乎研究目的并适用于研究领域
• 研究者和其它研究人员胜任该项研究

审查要素

• 研究是否具有科学和社会价值？
　◇ 研究预期能获得可推广的知识：□是，□否
　◇ 将改进现有的预防、诊断和治疗干预措施（治疗方法、操作程序）：□是，□否
　◇ 将提供更多的预防、诊断和治疗干预措施的选择，满足社会不同的需求：□是，□否
• 研究是否有充分的依据？
　◇ 研究有既往临床经验、文献资料、药学药理、前期临床研究的结果支持：□是，□否
• 研究设计是否能够回答研究问题？
　◇ 观察指标的选择合适：□是，□否
　◇ 样本量相对于检验假设是合理的：□不适用，□是，□否
• 纳入/排除标准是否恰当？
　◇ 所选择的受试者能够代表目标人群：□是，□否
　◇ 限制了混杂因素：□是，□否
• 研究步骤是否具有控制风险的措施，避免将受试者暴露于不必要的风险？
　◇ 筛选步骤合理：□不适用，□是，□否
　◇ 不良事件处理预案恰当：□是，□否
• 研究实施条件是否满足试验需要？

◇ 主要研究者经过 GCP 培训，具有试验方案中所要求的专业知识和经验，有充分的时间参加临床研究：□是，□否

◇ 参与研究的人员在教育与经验方面都有资格承担他们的研究任务：□是，□否

◇ 研究场所、仪器条件能够满足研究任务的需要：□是，□否

- 研究结果的发表或公开是否符合赫尔辛基宣言的要求？

    ◇ 方案规定阴性的或未得出结论的研究结果应同阳性结果一样发表或公开：□是，□否

## 二、研究的风险与受益

◆审查原则

- 受试者的权益、安全和健康必须高于对科学和社会利益的考虑
- 受试者的风险相对于预期的受益应合理，并且风险最小化

审查要素

- 风险与受益的评估

    ◇ 风险的等级：□最小风险，□大于最小风险

    ◇ 受试者的受益：□有直接受益的前景，□没有直接受益的前景

- 风险相对于受益是否合理？

    ◇ 有直接受益的前景：与任何可得到的替代方法相比，研究预期受益至少是同样有利的；风险相对于受试者预期受益而言是合理的：□不适用，□是，□否

    ◇ 没有直接受益的前景：受试者参与研究的风险相对于社会预期受益而言是合理的；研究所获得的知识是重要的：□不适用，□是，□否

## 三、受试者的招募

◆审查原则

- 受试者的选择是公正的
- 尊重受试者的隐私，避免胁迫和不正当的影响
- 合理的激励与补偿，避免过度劝诱

审查要素

- 受试者选择是否公正？

    ◇ 考虑到研究目的与开展研究的环境，计划招募的人群特征（包括性别、年龄、文化程度、文化背景、经济状况和种族）是合理的：□是，□否

- 招募方式是否合理？

    ◇ 接触与招募受试者的方式避免侵犯/泄露受试者的隐私：□是，□否

&#9671; 招募材料避免夸大研究的潜在受益、低估研究的预期风险：□是，□否

&#9671; 招募者的身份不会对受试者造成不正当的影响：□是，□否

- 激励与补偿是否合理？

&#9671; 是否给予受试者激励与补偿：□给予，□不给予

&#9671; 给予受试者激励与补偿的数量是否合理：□是，□否

&#9671; 激励与补偿的支付方式是否合理（参考以下要点）：□是，□否

&#9639; 受试者因与研究有关的原因（如药物副作用、健康原因）退出研究，应作为完成全部研究而获报酬或补偿；

&#9639; 受试者因其它理由退出研究，应按参加工作量的比例而获得报酬；

&#9639; 研究者因受试者故意不依从而必须从研究中淘汰，有权扣除其部分或全部报酬；

&#9639; 受试者监护人不应得到除交通费用和有关开支以外的其它补偿；

&#9671; 不给予受试者激励与补偿是否合理：□是，□否

## 四、隐私和保密

&#9670;审查原则

- 采取的措施足以保护受试者的隐私与数据的机密性

审查要素

- 保密措施是否恰当？

&#9671; 规定了可以接触受试者个人资料（包括医疗记录、生物学标本）人员范围：□是，□否

&#9671; 制定了数据安全的措施（如数据匿名），保护受试者数据的机密：□是，□否

- 研究结果发表/公开是否恰当？

&#9671; 规定了研究结果的发表将不会泄露受试者的个人信息：□是，□否

&#9671; 某些可能对团体、社会或以人种/民族定义的人群利益带来风险的研究，考虑了有关各方的利益，以适当的方式发表研究结果，或在某些情况下不公开：□不适用，□是，□否

## 五、弱势群体的考虑

&#9670;审查原则

- 纳入弱势人群作为受试者的理由是正当与合理的
- 采取特殊的措施，确保该人群的权益和健康

审查要素

- 研究是否涉及弱势群体：□否（请跳过本部分），□是→请选择人员类别（可多选）：

◇ □儿童/未成年人，□认知障碍或健康状况而没有能力做出知情同意的成人，□申办者/研究者的雇员或学生，□教育/经济地位低下的人员，□疾病终末期患者，□囚犯，□其它：

- 选择弱势人群为受试者的理由是否正当与合理？
  - ◇ 以比弱势群体情况较好者为受试者，研究不能同样很好地进行：□是，□否
  - ◇ 研究是为获得该弱势群体特有的或独特疾病/健康问题的诊断、预防或治疗知识；并且成功的研究成果将能合理地用于该人群：□是，□否
- 该人群的权益和健康的考虑是否适当？
  - ◇ 对受试者没有直接受益前景的研究，研究所伴随的风险不大于该类人群的常规体格检查或心理学检查的风险：□不适用，□是，□否
  - ◇ 对受试者没有直接受益前景的研究，研究所伴随的风险轻微或较小地超过该类人群的常规体格检查或心理学检查的风险：研究干预措施与受试者曾经历的或在研究条件下可能经历的临床干预措施比较是相当的：□不适用，□是，□否
  - ◇ 依据风险程度，方案制定了专门的实质性或程序性保护措施：□不适用，□是，□否
  - ◇ 当受试者没有能力或不能充分地给予知情同意时（如未到法定年龄，或严重痴呆病人），应获得其合法代表的同意；同时，应根据受试者可理解程度告知受试者有关试验情况；如可能，受试者应签署书面知情同意书并注明日期：□是，□否

## 六、特定疾病人群、特定地区人群/族群的考虑

### ◆审查原则

- 考虑该人群/族群的特点，采取特殊的措施，确保该人群的权益和健康
- 促进当地的医疗保健与研究能力的发展

### 审查要素

- 研究是否涉及特定疾病人群、特定地区人群/族群：□否（请跳过本部分），□是
- 研究与该人群特点的相互影响是否妥善处理？
  - ◇ 合理考虑了研究对特殊疾病人群、特定地区人群/族群造成的影响：□是，□否
  - ◇ 合理考虑了外界因素对个人知情同意的影响：□是，□否
  - ◇ 必要时，有向该人群进行咨询的计划：□是，□否
- 研究是否促进地区医疗保健与研究能力的发展？
  - ◇ 培训研究和卫生保健人员：□是，□否
  - ◇ 根据能力培养的需要，提供适当的财务与其它帮助：□是，□否
  - ◇ 加强当地的卫生保健服务,提高应对公共卫生需求的能力,提供必要的物质条件：□是，□否

| 审查意见 | |
|---|---|
| 建议： | |
| □同意，□作必要的修正后同意，□作必要的修正后重审，□不同意 | |
| □提交会议审查 | |
| 跟踪审查频率 | ＿＿ 个月 |
| 伦理委员会 | |
| 主审委员声明 | 作为审查人员，我与该研究项目之间不存在相关的利益冲突 |
| 签名 | |
| 日期 | |

编号：AF/SG-03/01.0

# 方案审查工作表

## （前瞻性观察性研究）

| 项　　目 | | | |
|---|---|---|---|
| 项目来源 | | | |
| 方案版本号 | | 方案版本日期 | |
| 知情同意书版本号 | | 知情同意书版本日期 | |
| 受理号 | | 主审委员 | |

## 一、研究的科学设计与实施

◆ **审查原则**

- 符合公认的科学原理，并有充分的相关科学文献作为依据
- 研究方法合乎研究目的并适用于研究领域
- 研究者和其它研究人员胜任该项研究

审查要素

- 研究是否具有科学和社会价值？
  - ✧ 研究预期能获得可推广的知识：□是，□否
  - ✧ 将改进现有的预防、诊断和治疗干预措施（治疗方法、操作程序）：□是，□否
  - ✧ 将提供更多的预防、诊断和治疗干预措施的选择，满足社会不同的需求：□是，□否
- 研究是否有充分的依据？
  - ✧ 研究有既往临床经验、文献资料、药学药理、前期临床研究的结果支持：□是，□否
- 研究设计是否能够回答研究问题？
  - ✧ 观察指标的选择合适：□是，□否
  - ✧ 研究期限足以观察到终点指标/替代指标的变化：□是，□否
  - ✧ 样本量计算及其统计学依据是否合理：□不适用，□是，□否
- 纳入/排除标准是否恰当？
  - ✧ 所选择的受试者能够代表目标人群：□是，□否
  - ✧ 限制了混杂因素：□是，□否
- 研究步骤是否具有控制风险的措施，避免将受试者暴露于不必要的风险？
  - ✧ 筛选步骤合理：□不适用，□是，□否
  - ✧ 随访的程序与频率合理，能有效观察效应的变化：□不适用，□是，□否

- ◇ 提前退出研究的标准恰当：□是，□否
- ◇ 如果受试者退出研究，是否安排了适当的随访或会推荐其它治疗：□是，□否
- ◇ 暂停或终止整个研究的标准恰当：□是，□否
- ◇ 不良事件处理预案恰当：□是，□否
- 研究实施条件是否满足试验需要？
  - ◇ 主要研究者经过 GCP 培训，具有试验方案中所要求的专业知识和经验，有充分的时间参加临床研究：□是，□否
  - ◇ 参与研究的人员在教育与经验方面都有资格承担他们的研究任务：□是，□否
  - ◇ 研究场所、仪器条件能够满足研究任务的需要：□是，□否
- 研究结果的发表或公开是否符合赫尔辛基宣言的要求？
  - ◇ 方案规定阴性的或未得出结论的研究结果应同阳性结果一样发表或公开：□是，□否

## 二、研究的风险与受益

### ◆ 审查原则

- 受试者的权益、安全和健康必须高于对科学和社会利益的考虑
- 受试者的风险相对于预期的受益应合理，并且风险最小化

审查要素

- 风险与受益的评估
  - ◇ 风险的等级：□最小风险，□大于最小风险
  - ◇ 受试者的受益：□有直接受益的前景，□没有直接受益的前景
- 风险相对于受益是否合理？
  - ◇ 有直接受益的前景：与任何可得到的替代方法相比，研究预期受益至少是同样有利的；风险相对于受试者预期受益而言是合理的：□不适用，□是，□否
  - ◇ 没有直接受益的前景：受试者参与研究的风险相对于社会预期受益而言是合理的；研究所获得的知识是重要的：□不适用，□是，□否

## 三、受试者的招募

### ◆ 审查原则

- 受试者的选择是公正的
- 尊重受试者的隐私，避免胁迫和不正当的影响
- 合理的激励与补偿，避免过度劝诱

审查要素

- 受试者选择是否公正？

    ✧ 考虑到研究目的与开展研究的环境，计划招募的人群特征（包括性别、年龄、文化程度、文化背景、经济状况和种族）是合理的：□是，□否

- 招募方式是否合理？
  - ✧ 接触与招募受试者的方式避免侵犯/泄露受试者的隐私：□是，□否
  - ✧ 招募材料避免夸大研究的潜在受益、低估研究的预期风险：□是，□否
  - ✧ 招募者的身份不会对受试者造成不正当的影响：□是，□否
- 激励与补偿是否合理？
  - ✧ 是否给予受试者激励与补偿：□给予，□不给予
  - ✧ 给予受试者激励与补偿的数量是否合理：□是，□否
  - ✧ 激励与补偿的支付方式是否合理（参考以下要点）：□是，□否
    - ➤ 受试者因与研究有关的原因（如药物副作用、健康原因）退出研究，应作为完成全部研究而获报酬或补偿；
    - ➤ 受试者因其它理由退出研究，应按参加工作量的比例而获得报酬；
    - ➤ 研究者因受试者故意不依从而必须从研究中淘汰，有权扣除其部分或全部报酬；
    - ➤ 受试者监护人不应得到除交通费用和有关开支以外的其它补偿；
  - ✧ 不给予受试者激励与补偿是否合理：□是，□否

## 四、受试者的医疗和保护

◆ 审查原则

- 研究者负责做出与临床试验相关的医疗决定，并保证所做出的任何医疗决定都是基于受试者的利益
- 受试者不能因参加研究而被剥夺合理治疗的权利

*审查要素*

- 研究者能否胜任受试者的医疗与保护？
  - ✧ 研究人员的医疗执业资格和经验，能胜任受试者的安全保护与医疗：□是，□否
- 研究过程中受试者是否获得适当的医疗与保护？
  - ✧ 在研究过程中，为受试者提供适当的医疗保健：□是，□否
  - ✧ 为受试者提供适当的医疗监测、心理与社会支持：□是，□否
  - ✧ 受试者自愿退出研究时拟采取的措施恰当：□是，□否
- 研究结束后受试者是否获得适当的医疗与保护？
  - ✧ 在研究结束后，为受试者提供适当的医疗保健：□是，□否
- 受损伤受试者的治疗和赔偿是否合理？
  - ✧ 由于参与研究造成受试者的损伤/残疾/死亡的补偿或治疗的规定合理：□是，□否

## 五、隐私和保密

### ◆审查原则

- 采取的措施足以保护受试者的隐私与数据的机密性

审查要素

- 保密措施是否恰当?
  - ◇ 规定了可以接触受试者个人资料(包括医疗记录、生物学标本)人员范围:□是,□否
  - ◇ 制定了数据安全的措施(如数据匿名),保护受试者数据的机密:□是,□否
- 研究结果发表/公开是否恰当?
  - ◇ 规定了研究结果的发表将不会泄露受试者的个人信息:□是,□否
  - ◇ 某些可能对团体、社会或以人种/民族定义的人群利益带来风险的研究,考虑了有关各方的利益,以适当的方式发表研究结果,或在某些情况下不公开:□不适用,□是,□否

## 六、弱势群体的考虑

### ◆审查原则

- 纳入弱势人群作为受试者的理由是正当与合理的
- 采取特殊的措施,确保该人群的权益和健康

审查要素

- 研究是否涉及弱势群体:□否(请跳过本部分),□是→请选择人员类别(可多选):
  - ◇ □儿童/未成年人,□认知障碍或健康状况而没有能力做出知情同意的成人,□申办者/研究者的雇员或学生,□教育/经济地位低下的人员,□疾病终末期患者,□囚犯,□其它:
- 选择弱势人群为受试者的理由是否正当与合理?
  - ◇ 以比弱势群体情况较好者为受试者,研究不能同样很好地进行:□是,□否
  - ◇ 研究是为获得该弱势群体特有的或独特疾病/健康问题的诊断、预防或治疗知识;并且成功的研究成果将能合理地用于该人群:□是,□否
- 该人群的权益和健康的考虑是否适当?
  - ◇ 对受试者没有直接受益前景的研究,研究所伴随的风险不大于该类人群的常规体格检查或心理学检查的风险:□不适用,□是,□否
  - ◇ 对受试者没有直接受益前景的研究,研究所伴随的风险轻微或较小地超过该类人群的常规体格检查或心理学检查的风险:研究干预措施与受试者曾经历的或在研

究条件下可能经历的临床干预措施比较是相当的：□不适用，□是，□否

&diams; 依据风险程度，方案制定了专门的实质性或程序性保护措施：□不适用，□是，□否

&diams; 当受试者没有能力或不能充分地给予知情同意时（如未到法定年龄，或严重痴呆病人），应获得其合法代表的同意；同时，应根据受试者可理解程度告知受试者有关试验情况；如可能，受试者应签署书面知情同意书并注明日期：□是，□否

## 七、特定疾病人群、特定地区人群/族群的考虑

◆ 审查原则

- 考虑该人群/族群的特点，采取特殊的措施，确保该人群的权益和健康
- 促进当地的医疗保健与研究能力的发展

审查要素

- 研究是否涉及特定疾病人群、特定地区人群/族群：□否（请跳过本部分），□是
- 研究与该人群特点的相互影响是否妥善处理？
  &diams; 合理考虑了研究对特殊疾病人群、特定地区人群/族群造成的影响：□是，□否
  &diams; 合理考虑了外界因素对个人知情同意的影响：□是，□否
  &diams; 必要时，有向该人群进行咨询的计划：□是，□否
- 研究是否促进地区医疗保健与研究能力的发展？
  &diams; 培训研究和卫生保健人员：□是，□否
  &diams; 根据能力培养的需要，提供适当的财务与其它帮助：□是，□否
  &diams; 加强当地的卫生保健服务，提高应对公共卫生需求的能力，提供必要的物质条件：□是，□否

| 审查意见 | |
|---|---|
| 建议： | |
| □同意，□作必要的修正后同意，□作必要的修正后重审，□不同意 | |
| □提交会议审查 | |
| 跟踪审查频率 | ＿＿＿ 个月 |
| 伦理委员会 | |
| 主审委员声明 | 作为审查人员，我与该研究项目之间不存在相关的利益冲突 |
| 签名 | |
| 日期 | |

编号：AF/SG-04/01.0

# 知情同意书审查工作表

## （实验性研究）

| 项　目 | | | |
|---|---|---|---|
| 项目来源 | | | |
| 方案版本号 | | 方案版本日期 | |
| 知情同意书版本号 | | 知情同意书版本日期 | |
| 受理号 | | 主审委员 | |

## 一、知情告知的要素

◆**审查原则**

- 在要求个体同意参加研究之前，研究者必须以其能理解的语言或其它交流形式提供信息（CIOMS 第5条）
- 书面知情同意书以及其它提供给受试者的书面资料均应包括对下列内容的解释（ICH GCP 4.8.10）

审查要素

- 试验为研究性质：□是，□否
- 研究目的：□是，□否
- 试验治疗，以及随机分到各组的可能性：□是，□否
- 所需遵循的试验程序，包括所有侵入性操作：□是，□否
- 受试者责任：□是，□否
- 试验性干预措施/程序的说明：□是，□否
- 与试验相关的预期风险和不适（必要时，包括对胚胎、胎儿或哺乳婴儿）：□是，□否
- 合理预期的受益。如果对受试者没有预期受益，应加以告知：□是，□否
- 受试者可能获得的其它备选治疗或疗法及其重要的受益和风险：□是，□否
- 如发生与试验有关的伤害事件，受试者可能获得的补偿和（或）治疗：□是，□否
- 对受试者参加研究所预定的、按比例支付的补偿（如有）：□不适用，□是，□否
- 受试者参加试验的预期花费（如有）：□不适用，□是，□否
- 受试者参加试验是自愿的，受试者可以拒绝参加或在任何时候退出试验而不会因此受到处罚或其应得利益不会遭受损失：□是，□否
- 监查员、稽查员、机构审查委员会/独立伦理委员会和管理当局应被准予在不违反适用法律和法规所准许的范围内，在不侵犯受试者的隐私的情况下，直接查阅受试者

的原始医疗记录以便核查临床试验的程序和（或）数据受试者或其合法代理人在签署书面知情同意书时即授权这种查阅：□是，□否

- 在适用法律和（或）法规准许的范围内，有关识别受试者的记录应保密，不得公开这些记录，如公开发表试验结果，受试者的身份仍然是保密的：□是，□否
- 如果得到可能影响受试者继续参加试验的信息，受试者或其合法代理人将及时得到通报：□是，□否
- 需要进一步了解有关试验资料和受试者的权益时的联系人以及如发生试验相关的伤害时的联系人：□是，□否
- 受试者参加试验可能被终止的预期情况和/或原因：□是，□否
- 受试者参加试验的预期持续时间：□是，□否
- 研究涉及受试者的大致人数：□是，□否
- 知情同意书没有任何要求受试者或其合法代表放弃其合法权益的内容，没有免除研究者、研究机构、申办者或其合法代表逃避过失责任的内容：□是，□否
- 告知信息的语言表述适合受试者群体的理解水平：□是，□否
- 上述告知的信息（特别是受试人群、试验干预与试验程序）是否与方案一致：□是，□否

## 二、知情同意的过程

◆审查原则

- 对于所有的人体生物医学研究，研究者必须获得受试者自愿做出的知情同意，若在个体不能给予知情同意的情况下，必须根据现行法律获得其法定代理人的许可（CIOMS 第4条）
- 只有在确定可能的受试对象充分了解了参加研究的有关实情和后果，并有充分的机会考虑是否参加以后，才能征求同意（CIOMS 第5条）

审查要素

- 招募受试者过程没有胁迫和不正当的影响：□是，□否
- 获得知情同意前，受试者或其合法代表有足够的时间和机会以询问有关试验的细节，提出的所有与试验相关的问题均应得到令其满意的答复：□是，□否
- 参加试验前，受试者本人或其合法代表，以及负责知情同意讨论的人应签署书面知情同意书并各自注明日期：□是，□否
- 应将获得伦理委员会批准，经签字并注明日期的知情同意书/更新件、任何其它提供给受试者的书面资料/更新件交给受试者或其合法代表：□是，□否
- 当受试者没有能力或不能充分地给予知情同意时（如未到法定年龄，或严重痴呆病人），应获得其合法代表的同意；同时，应根据受试者可理解程度告知受试者有关试验情况；如可能，受试者应签署书面知情书并注明日期：□是，□否

- 同时开展两项研究，有一项研究使用本项临床试验受试者的生物材料（包括遗传物质），应以单独的一个章节的方式告知受试者并征得同意：□不适用，□是，□否

### 三、申请开展在紧急情况下无法获得知情同意的研究

**适用性判断**

- 本项研究同时满足以下条件：
  ◇ 处于危及生命的紧急状况，需要在发病后很快进行干预：□是，□否
  ◇ 在该紧急情况下，大部分病人无法给予知情同意，且没有时间找到合法代表人：□是，□否
  ◇ 缺乏已被证实有效的治疗方法，而试验药物或干预有望挽救生命，恢复健康，或减轻病痛：□是，□否

**审查要素**

- 方案根据目前的科学证据，制定了必须给予试验干预的治疗窗；该治疗窗包括了一个合适的联系合法代表人的时间段：□是，□否
- 研究者承诺在开始研究之前，在治疗窗的分段时间内，尽力联系患者的合法代表人，并有证明努力尝试联系的文件记录：□是，□否
- 一旦病人的状态许可，或找到其合法代表人，应告知所有相关信息，并尽可能早地获得其反对或继续参加研究的意见：□是，□否
- 研究项目制定了社区咨询计划，向研究人群利益相关方充分告知研究的风险与预期受益，征求他们的意见；伦理委员会部分/全体成员将参加咨询活动：□是，□否
- 研究项目制定了在研究开始前公开披露信息计划，以保证更广泛的研究人群利益相关方获知研究计划及其风险与预期受益：□是，□否
- 研究得到所在社会的支持：□是，□否
- 建立了独立的数据与安全监查委员会：□是，□否
- 对既未获得受试者个体知情同意，又未得到法定代理人许可，主审委员对受试者个体参加研究的最大时限的建议是：____（天）
- 如果疾病是周期性复发的（如癫痫），研究者应设法确定将来可能发生符合研究条件疾病的人群，在可能的受试者有充分能力给出知情同意的时候与之联系，并请其同意在将来疾病发作、无能力表达同意的时候参加试验：□是，□否

| 审查意见 |  |
| --- | --- |
| 建议： | |
| □同意，□作必要的修正后同意，□作必要的修正后重审，□不同意 | |
| □提交会议审查 | |
| 跟踪审查频率 | _____ 个月 |
| 伦理委员会 | |
| 主审委员声明 | 作为审查人员，我与该研究项目之间不存在相关的利益冲突 |
| 签名 | |
| 日期 | |

编号：AF/SG-05/01.0

# 知情同意书审查工作表

## （回顾性观察性研究）

| 项　　目 | | | |
|---|---|---|---|
| 项目来源 | | | |
| 方案版本号 | | 方案版本日期 | |
| 知情同意书版本号 | | 知情同意书版本日期 | |
| 受理号 | | 主审委员 | |

## 一、知情告知的要素

**◆ 审查原则**

- 在要求个体同意参加研究之前，研究者必须以其能理解的语言或其它交流形式提供信息（CIOMS 第 5 条）
- 书面知情同意书以及其它提供给受试者的书面资料均应包括对下列内容的解释（ICH GCP 4.8.10）

审查要素

- 试验为研究性质：□是，□否
- 研究目的：□是，□否
- 研究方法，以及准备收集的信息种类：□是，□否
- 受试者责任：□是，□否
- 与试验相关的预期风险和不适（必要时，包括对家族相关成员）：□是，□否
- 合理预期的受益。如果对受试者没有预期受益，应加以告知：□是，□否
- 如发生与试验有关的伤害事件，受试者可能获得的补偿和/或治疗：□是，□否
- 对受试者参加研究所预定的、按比例支付的补偿（如有）：□不适用，□是，□否
- 受试者参加试验是自愿的，受试者可以拒绝参加或在任何时候退出试验而不会因此受到处罚或其应得利益不会遭受损失：□是，□否
- 监查员、稽查员、机构审查委员会/独立伦理委员会和管理当局应被准予在不违反适用法律和法规所准许的范围内，在不侵犯受试者的隐私的情况下，直接查阅受试者的原始医疗记录以便核查临床试验的程序和（或）数据受试者或其合法代理人在签署书面知情同意书时即授权这种查阅：□是，□否
- 在适用法律和（或）法规准许的范围内，有关识别受试者的记录应保密，不得公开这些记录，如公开发表试验结果，受试者的身份仍然是保密的：□是，□否
- 如果得到可能影响受试者继续参加试验的信息，受试者或其合法代理人将及时得到

通报：□是，□否
- 需要进一步了解有关试验资料和受试者的权益时的联系人以及如发生试验相关的伤害时的联系人：□是，□否
- 研究涉及受试者的大致人数：□是，□否
- 知情同意书没有任何要求受试者或其合法代表放弃其合法权益的内容，没有免除研究者、研究机构、申办者或其合法代表逃避过失责任的内容：□是，□否
- 告知信息的语言表述适合受试者群体的理解水平：□是，□否
- 上述告知的信息（特别是受试人群、试验干预与试验程序）是否与方案一致：□是，□否

## 二、知情同意的过程

◆审查原则

- 对于所有的人体生物医学研究，研究者必须获得受试者自愿做出的知情同意，若在个体不能给予知情同意的情况下，必须根据现行法律获得其法定代理人的许可（CIOMS 第 4 条）
- 只有在确定可能的受试对象充分了解了参加研究的有关实情和后果，并有充分的机会考虑是否参加以后，才能征求同意（CIOMS 第 5 条）

审查要素

- 招募受试者过程没有胁迫和不正当的影响：□是，□否
- 获得知情同意前，受试者或其合法代表有足够的时间和机会以询问有关试验的细节，提出的所有与试验相关的问题均应得到令其满意的答复：□是，□否
- 参加试验前，受试者本人或其合法代表，以及负责知情同意讨论的人应签署书面知情同意书并各自注明日期：□是，□否
- 应将获得伦理委员会批准，经签字并注明日期的知情同意书/更新件、任何其它提供给受试者的书面资料/更新件交给受试者或其合法代表：□是，□否
- 当受试者没有能力或不能充分地给予知情同意时（如未到法定年龄，或严重痴呆病人），应获得其合法代表的同意；同时，应根据受试者可理解程度告知受试者有关试验情况；如可能，受试者应签署书面知情书并注明日期：□是，□否
- 同时开展两项研究，有一项研究使用本项临床试验受试者的生物材料（包括遗传物质），应以单独的一个章节的方式告知受试者并征得同意：□不适用，□是，□否

| 审查意见 | |
|---|---|
| 建议：<br><br><br><br> | |
| □同意，□作必要的修正后同意，□作必要的修正后重审，□不同意 | |
| □提交会议审查 | |
| 跟踪审查频率 | ＿＿ 个月 |
| 伦理委员会 | |
| 主审委员声明 | 作为审查人员，我与该研究项目之间不存在相关的利益冲突 |
| 签名 | |
| 日期 | |

编号：AF/SG-06/01.0

# 知情同意书审查工作表

## （免除知情同意）

| 项　　目 | | | |
|---|---|---|---|
| 项目来源 | | | |
| 方案版本号 | | 方案版本日期 | |
| 知情同意书版本号 | | 知情同意书版本日期 | |
| 受理号 | | 主审委员 | |

### 一、利用以往临床诊疗中获得的病历/生物标本的研究，申请免除知情同意

◆**审查原则**

- 通常情况下，医生必须寻求受试者对采集、分析、存放和/或再次使用人体材料或数据的同意意见
- 当研究涉及仅仅涉及极小的风险，并且要求病人/受试者的知情同意会使研究的实施不可行（例如，研究仅仅涉及摘录受试者病案的数据），伦理委员会可以部分或全部免除知情同意（CIOMS 第4条）
- 病人有权知道其病历/标本可能用于研究，其拒绝或不同意参加研究，不是研究无法实施、免除知情同意的证据（CIOMS 第4条）
- 病人/受试者以前已明确地拒绝利用的医疗记录和标本，只有在公共卫生紧急需要时才可利用（CIOMS 第4条）

适用性判断

- 本项研究为：利用以往临床诊疗中获得的病历/生物标本的观察性研究：□是，□否

审查要素

- 研究目的是重要的：□是，□否
- 研究对受试者的风险不大于最小风险：□是，□否
- 免除知情同意不会对受试者的权利和健康产生不利的影响：□是，□否
- 受试者的隐私和个人身份信息得到保护：□是，□否
- 若规定需获取知情同意，研究将无法进行（病人有权知道其病历/标本可能用于研究，其拒绝或不同意参加研究，不是研究无法实施、免除知情同意的证据）：□是，□否
- 本研究不利用病人/受试者以前已明确地拒绝利用的医疗记录和标本：□是，□否

## 二、研究病历/生物标本的二次利用，申请免除知情同意

◆ **审查原则**

- 如果最初处于研究目的、经知情同意而收集的病历或标本，二次利用通常受到原知情同意条件的限制（CIOMS 第4条）
- 重要的是在最初的知情同意过程中预见将来利用这些病历或标本用于研究的计划；如有必要，征求受试者同意：
  - 如果有二次利用，是否局限于使用这些材料的研究类型
  - 在什么情况下要求研究者与受试者联系，为二次利用寻求再次授权
  - 若有的话，研究者销毁或去除病历或标本上个人标识符的计划
  - 受试者要求对生物标本或病历或他们认为特别敏感的病历部分进行销毁或匿名的权利（CIOMS 第4条）

适用性判断

- 本项研究为：研究病历与生物标本的二次利用，即利用以往研究项目、经知情同意收集的病历或标本进行研究，申请免除知情同意：□是，□否

审查要素

- 以往研究已获得受试者的书面同意，允许其它的研究项目使用其病历或标本：□是，□否
- 本次研究符合原知情同意的许可条件：□是，□否
- 受试者的隐私和身份信息的保密得到保证：□是，□否

| 审查意见 | |
| --- | --- |
| 建议： | |
| □同意，□作必要的修正后同意，□作必要的修正后重审，□不同意 | |
| □提交会议审查 | |
| 跟踪审查频率 | ＿＿ 个月 |
| 伦理委员会 | |
| 主审委员声明 | 作为审查人员，我与该研究项目之间不存在相关的利益冲突 |
| 签名 | |
| 日期 | |

编号：AF/SG-07/01.0

# 知情同意书审查工作表

## （前瞻性观察性研究）

| 项　　目 | | | |
|---|---|---|---|
| 项目来源 | | | |
| 方案版本号 | | 方案版本日期 | |
| 知情同意书版本号 | | 知情同意书版本日期 | |
| 受理号 | | 主审委员 | |

### 一、知情告知的要素

◆**审查原则**

- 在要求个体同意参加研究之前，研究者必须以其能理解的语言或其它交流形式提供信息（CIOMS 第5条）
- 书面知情同意书以及其它提供给受试者的书面资料均应包括对下列内容的解释（ICH GCP 4.8.10）

审查要素

- 试验为研究性质：□是，□否
- 研究目的：□是，□否
- 研究方法，以及准备收集的信息种类：□是，□否
- 受试者责任：□是，□否
- 与试验相关的预期风险和不适（必要时，包括对胚胎、胎儿或哺乳婴儿）：□是，□否
- 合理预期的受益。如果对受试者没有预期受益，应加以告知：□是，□否
- 如发生与试验有关的伤害事件，受试者可能获得的补偿和/或治疗：□是，□否
- 对受试者参加研究所预定的、按比例支付的补偿（如有）：□不适用，□是，□否
- 受试者参加试验的预期花费（如有）：□不适用，□是，□否
- 受试者参加试验是自愿的，受试者可以拒绝参加或在任何时候退出试验而不会因此受到处罚或其应得利益不会遭受损失：□是，□否
- 监查员、稽查员、机构审查委员会/独立伦理委员会和管理当局应被准予在不违反适用法律和法规所准许的范围内，在不侵犯受试者的隐私的情况下，直接查阅受试者的原始医疗记录以便核查临床试验的程序和/或数据受试者或其合法代理人在签署书面知情同意书时即授权这种查阅：□是，□否
- 在适用法律和/或法规准许的范围内，有关识别受试者的记录应保密，不得公开这些

记录，如公开发表试验结果，受试者的身份仍然是保密的：□是，□否

- 如果得到可能影响受试者继续参加试验的信息，受试者或其合法代理人将及时得到通报：□是，□否
- 需要进一步了解有关试验资料和受试者的权益时的联系人以及如发生试验相关的伤害时的联系人：□是，□否
- 受试者参加试验可能被终止的预期情况和/或原因：□是，□否
- 受试者参加试验的预期持续时间：□是，□否
- 研究涉及受试者的大致人数：□是，□否
- 知情同意书没有任何要求受试者或其合法代表放弃其合法权益的内容，没有免除研究者、研究机构、申办者或其合法代表逃避过失责任的内容：□是，□否
- 告知信息的语言表述适合受试者群体的理解水平：□是，□否
- 上述告知的信息（特别是受试人群、试验干预与试验程序）是否与方案一致：□是，□否

## 二、知情同意的过程

◆ **审查原则**

- 对于所有的人体生物医学研究，研究者必须获得受试者自愿做出的知情同意，若在个体不能给予知情同意的情况下，必须根据现行法律获得其法定代理人的许可（CIOMS 第4条）
- 只有在确定可能的受试对象充分了解了参加研究的有关实情和后果，并有充分的机会考虑是否参加以后，才能征求同意（CIOMS 第5条）

审查要素

- 招募受试者过程没有胁迫和不正当的影响：□是，□否
- 获得知情同意前，受试者或其合法代表有足够的时间和机会以询问有关试验的细节，提出的所有与试验相关的问题均应得到令其满意的答复：□是，□否
- 参加试验前，受试者本人或其合法代表，以及负责知情同意讨论的人应签署书面知情同意书并各自注明日期：□是，□否
- 应将获得伦理委员会批准，经签字并注明日期的知情同意书/更新件、任何其它提供给受试者的书面资料/更新件交给受试者或其合法代表：□是，□否
- 当受试者没有能力或不能充分地给予知情同意时（如未到法定年龄，或严重痴呆病人），应获得其合法代表的同意；同时，应根据受试者可理解程度告知受试者有关试验情况；如可能，受试者应签署书面知情书并注明日期：□是，□否
- 同时开展2项研究，有一项研究使用本项临床试验受试者的生物材料（包括遗传物质），应以单独的一个章节的方式告知受试者并征得同意：□不适用，□是，□否

### 三、签了字的知情同意书会对受试者的隐私构成不正当的威胁，申请免除知情同意签字

适用性判断

- 本项研究同时满足以下条件：
  - ◇ 当一份签了字的知情同意书会对受试者的隐私构成不正当的威胁：□是，□否
  - ◇ 联系受试者真实身份和研究的唯一记录是知情同意文件，并且主要风险就来自于受试者身份或个人隐私的泄露：□是，□否

审查要素

- 遵循每一位受试者本人的意愿，签署或不签署书面知情同意文件：□是，□否
- 向受试者或其合法代表人提供书面信息告知文件：□是，□否
- 方案规定应获得受试者或其合法代表人的口头知情同意：□是，□否

### 四、与研究相同情况下的行为与程序不要求签署书面同意，申请免除知情同意签字

适用性判断

- 本项研究同时满足以下条件：
  - ◇ 研究对受试者的风险不大于最小风险：□是，□否
  - ◇ 如果脱离"研究"背景，相同情况下的行为或程序不要求签署书面知情同意（如访谈研究，邮件/电话调查）：□是，□否

审查要素

- 确认研究对受试者的风险不大于最小风险：□是，□否
- 确认如果脱离"研究"背景，相同情况下的行为或程序不要求签署书面知情同意：□是，□否
- 向受试者或其合法代表人提供书面信息告知文件：□是，□否
- 方案规定应获得受试者或其合法代表人的口头知情同意：□是，□否

| 审查意见 | |
|---|---|
| 建议： | |
| □同意，□作必要的修正后同意，□作必要的修正后重审，□不同意 | |
| □提交会议审查 | |
| 跟踪审查频率 | ＿＿＿ 个月 |
| 伦理委员会 | |
| 主审委员声明 | 作为审查人员，我与该研究项目之间不存在相关的利益冲突 |
| 签名 | |
| 日期 | |

编号：AF/SG-08/01.0

# 修正案审查工作表

| 项　　　目 | |
|---|---|
| 项目来源 | |
| 方案版本号 | |

| 方案版本号 | | 方案版本日期 | |
|---|---|---|---|
| 知情同意书版本号 | | 知情同意书版本日期 | |
| 受理号 | | 主审委员 | |

审查要素

- 方案修正是否影响研究的风险：□是，□否
- 方案修正是否影响受试者的受益：□是，□否
- 方案修正是否涉及弱势群体：□是，□否
- 方案修正是否增加受试者参加研究的持续时间或花费：□是，□否
- 如果研究已经开始，方案修正是否对已经纳入的受试者造成影响：□是，□否
- 为了避免对受试者造成紧急伤害，在提交伦理委员会审查批准前对方案进行了修改并实施是合理的：□不适用，□是，□否
- 方案修正是否需要同时修改知情同意书：□是，□否
- 修正的知情同意书是否符合完全告知、充分理解、自主选择的原则：□是，□否
- 知情同意书的修改是否需要重新获取知情同意：□是，□否

| 审查意见 | | | |
|---|---|---|---|
| 建议： | | | |
| □同意，□作必要的修正后同意，□作必要的修正后重审，□终止或暂停已批准的研究，<br>□不同意 | | | |
| □提交会议审查 | | | |
| 批准的跟踪审查频率 | | 截止日期 | |
| 跟踪审查频率 | □不变，□改变 | 修正跟踪审查频率 | ＿＿＿ 个月 |
| 伦理委员会 | | | |
| 主审委员声明 | 作为审查人员，我与该研究项目之间不存在相关的利益冲突 | | |
| 签名 | | | |
| 日期 | | | |

编号：AF/SG-09/01.0

# 年度/定期跟踪审查工作表

| 项　　目 | |
|---|---|
| 项目来源 | |

| 方案版本号 | | 方案版本日期 | |
|---|---|---|---|
| 知情同意书版本号 | | 知情同意书版本日期 | |
| 受理号 | | 主审委员 | |

**审查要素**

- 是否存在影响研究进行的情况：□是，□否
- 严重不良事件或方案规定必须报告的重要医学事件已经及时报告：□不适用，□是，□否
- 与药物相关的、非预期的严重不良事件是否影响研究的风险与受益：□不适用，□是，□否
- 研究的风险是否超过预期：□是，□否
- 是否存在影响研究风险与受益的任何新信息、新进展：□是，□否
- 研究中是否存在影响受试者权益的问题：□是，□否
- 是否同意延长伦理审查批件有效期：□不适用，□是，□否

| **审查意见** | | | |
|---|---|---|---|
| 建议： | | | |
| □同意，□作必要的修正后同意，□作必要的修正后重审，□终止或暂停已批准的研究 | | | |
| □提交会议审查 | | | |
| 批准的跟踪审查频率 | | 截止日期 | |
| 跟踪审查频率 | □不变，□改变 | 修正跟踪审查频率 | ＿＿＿个月 |
| 伦理委员会 | | | |
| 主审委员声明 | 作为审查人员，我与该研究项目之间不存在相关的利益冲突 | | |
| 签名 | | | |
| 日期 | | | |

编号：AF/SG-10/01.0

# 严重不良事件审查工作表

| 项　　目 | | | |
|---|---|---|---|
| 项目来源 | | | |
| 方案版本号 | | 方案版本日期 | |
| 知情同意书版本号 | | 知情同意书版本日期 | |
| 受理号 | | 主审委员 | |

## 一、不良事件的判断

- 不良事件程度的判断：□严重，□非严重
- 严重不良事件与研究干预相关性的判断：□相关，□不相关，□无法判断
- 严重不良事件是否预期的判断：□预期，□非预期

## 二、审查要素

- 严重不良事件是否影响研究预期风险与受益的判断：□是，□否
- 受损伤的受试者的医疗保护措施是否合理：□是，□否
- 其它受试者的医疗保护措施是否合理：□是，□否
- 是否需要修改方案或知情同意书：□是，□否

| 审查意见 | | | |
|---|---|---|---|
| 建议： | | | |
| □同意，□作必要的修正后同意，□作必要的修正后重审，□终止或暂停已批准的研究 | | | |
| □提交会议审查 | | | |
| 批准的跟踪审查频率 | | 截止日期 | |
| 跟踪审查频率 | □不变，□改变 | 修正跟踪审查频率 | ____ 个月 |
| 伦理委员会 | | | |
| 主审委员声明 | 作为审查人员，我与该研究项目之间不存在相关的利益冲突 | | |
| 签名 | | | |
| 日期 | | | |

编号：AF/SG-11/01.0

# 违背方案审查工作表

| 项　　目 | |
|---|---|
| 项目来源 | |

| 方案版本号 | | 方案版本日期 | |
|---|---|---|---|
| 知情同意书版本号 | | 知情同意书版本日期 | |
| 受理号 | | 主审委员 | |

审查要素

- 是否影响受试者的安全：□是，□否
- 是否影响受试者的权益：□是，□否
- 是否对研究结果产生显著影响：□是，□否
- 是否对违背方案采取了合适的处理措施：□是，□否

| 审查意见 | | | |
|---|---|---|---|
| 建议： | | | |
| □同意，□作必要的修正后同意，□作必要的修正后重审，□终止或暂停已批准的研究 | | | |
| 批准的跟踪审查频率 | | 截止日期 | |
| 跟踪审查频率 | □不变，□改变 | 修正跟踪审查频率 | ＿＿ 个月 |
| 伦理委员会 | | | |
| 主审委员声明 | 作为审查人员，我与该研究项目之间不存在相关的利益冲突 | | |
| 签名 | | | |
| 日期 | | | |

编号：AF/SG-12/01.0

# 暂停/终止研究审查工作表

| 项　　目 | |
|---|---|
| 项目来源 | |

| 方案版本号 | | 方案版本日期 | |
|---|---|---|---|
| 知情同意书版本号 | | 知情同意书版本日期 | |
| 受理号 | | 主审委员 | |

审查要素

- 受试者的安全与权益是否得到保证：□是，□否
- 对受试者后续的医疗与随访措施是否合适：□是，□否
- 是否有必要采取进一步保护受试者的措施：□是，□否

| 审查意见 | |
|---|---|
| 建议： | |
| □同意，□需要进一步采取保护受试者的措施 | |
| □提交会议审查 | |
| 伦理委员会 | |
| 主审委员声明 | 作为审查人员，我与该研究项目之间不存在相关的利益冲突 |
| 签名 | |
| 日期 | |

编号：AF/SG-13/01.0

# 结题审查工作表

| 项　　目 | | | |
|---|---|---|---|
| 项目来源 | | | |
| 方案版本号 | | 方案版本日期 | |
| 知情同意书版本号 | | 知情同意书版本日期 | |
| 受理号 | | 主审委员 | |

审查要素

- 严重不良事件或方案规定必须报告的重要医学事件已经及时报告：□不适用，□是，□否
- 与研究干预相关的、非预期的严重不良事件是否影响研究的风险与受益：□不适用，□是，□否
- 研究风险是否超过预期：□是，□否
- 研究中是否存在影响受试者权益的问题：□是，□否
- 是否有必要采取进一步保护受试者的措施：□是，□否

| 审查意见 |
|---|
| 建议： |
| □同意结题，□需要进一步采取保护受试者的措施 |
| □提交会议审查 |

| 伦理委员会 | |
|---|---|
| 主审委员声明 | 作为审查人员，我与该研究项目之间不存在相关的利益冲突 |
| 签名 | |
| 日期 | |

编号：AF/SG-14/01.0

# 复审工作表

## （初审后的复审）

| 项　目 | | | |
|---|---|---|---|
| 项目来源 | | | |
| 方案版本号 | | 方案版本日期 | |
| 知情同意书版本号 | | 知情同意书版本日期 | |
| 受理号 | | 主审委员 | |

审查要素

- 所作修改符合伦理委员会的要求：□是，□否
- 认可申请人对伦理委员会建议所作的说明：□是，□否

| 审查意见 |
|---|
| 建议： |
| □同意，□作必要的修正后同意，□作必要的修正后重审，□不同意 |
| □提交会议审查 |

| 跟踪审查频率 | ＿＿ 个月 |
|---|---|
| 伦理委员会 | |
| 主审委员声明 | 作为审查人员，我与该研究项目之间不存在相关的利益冲突 |
| 签名 | |
| 日期 | |

编号：AF/SG-15/01.0

# 复审工作表

## （跟踪审查后的复审）

| 项　　目 | |  | |
|---|---|---|---|
| 项目来源 | | | |
| 方案版本号 | | 方案版本日期 | |
| 知情同意书版本号 | | 知情同意书版本日期 | |
| 受理号 | | 主审委员 | |

审查要素

- 所作修改符合伦理委员会的要求：□是，□否
- 认可申请人对伦理委员会建议所作的说明：□是，□否

| 审查意见 | | | |
|---|---|---|---|
| 建议： <br><br>　　. <br><br> | | | |
| □同意，□作必要的修正后同意，□作必要的修正后重审，□终止或暂停已批准的研究，<br>□不同意 | | | |
| □提交会议审查 | | | |
| 批准的跟踪审查频率 | | 截止日期 | |
| 跟踪审查频率 | □不变，□改变 | 修正跟踪审查频率 | ＿＿ 个月 |
| 伦理委员会 | | | |
| 主审委员声明 | 作为审查人员，我与该研究项目之间不存在相关的利益冲突 | | |
| 签名 | | | |
| 日期 | | | |

编号：AF/SG-16/01.0

# 独立顾问咨询工作表

| 项　目 | |
|---|---|
| 项目来源 | |

| 方案版本号 | | 方案版本日期 | |
|---|---|---|---|
| 知情同意书版本号 | | 知情同意书版本日期 | |
| 受理号 | | 独立顾问 | |

## 一、咨询问题

## 二、咨询意见

| 伦理委员会 | |
|---|---|
| 独立顾问声明 | 作为审查咨询人员，我与该研究项目之间不存在相关的利益冲突 |
| 签名 | |
| 日期 | |

# 第六类 审查（秘书用）

编号：AF/SC-01/01.0

## 会 议 议 程

| 日期 | | 时间 | |
|---|---|---|---|
| 地点 | | | |
| 参会委员 | | | |
| 独立顾问 | | | |
| 工作人员 | | | |
| 主持人 | | | |
| 伦理委员会名称 | | | |

### 一、会议报告项目

（一）会议记录

2×××年××月××日的会议记录

（二）快速审查（按伦理审查类别排序）

| 1. | 伦理审查类别 | |
|---|---|---|
| | 项目 | |
| | 受理号 | |
| | 主要研究者 | |
| | 审查决定 | |

（三）实地访查

| 1. | 项目 | |
|---|---|---|
| | 主要研究者 | |
| | 概况 | |

（四）受试者抱怨

| 1. | 项目 | |
|---|---|---|
| | 承担科室 | |
| | 概况 | |

## 二、会议审查项目

### （一）初始审查

| 1. | 项目 | |
|---|---|---|
| | 受理号 | |
| | 机构角色 | |
| | 主要研究者 | |
| | 主审委员 | |
| | 独立顾问 | |

### （二）修正案审查

| 1. | 项目 | |
|---|---|---|
| | 受理号 | |
| | 机构角色 | |
| | 主要研究者 | |
| | 主审委员 | |
| | 独立顾问 | |

### （三）年度/定期跟踪审查

| 1. | 项目 | |
|---|---|---|
| | 受理号 | |
| | 机构角色 | |
| | 主要研究者 | |
| | 主审委员 | |
| | 独立顾问 | |

### （四）严重不良事件审查

| 1. | 项目 | |
|---|---|---|
| | 受理号 | |
| | 机构角色 | |
| | 主要研究者 | |
| | 主审委员 | |
| | 独立顾问 | |

（五）违背方案审查

| 1. | 项目 | |
|---|---|---|
| | 受理号 | |
| | 机构角色 | |
| | 主要研究者 | |
| | 主审委员 | |
| | 独立顾问 | |

（六）暂停/终止研究审查

| 1. | 项目 | |
|---|---|---|
| | 受理号 | |
| | 机构角色 | |
| | 主要研究者 | |
| | 主审委员 | |
| | 独立顾问 | |

（七）结题审查

| 1. | 项目 | |
|---|---|---|
| | 受理号 | |
| | 机构角色 | |
| | 主要研究者 | |
| | 主审委员 | |
| | 独立顾问 | |

（八）复审

| 1. | 项目 | |
|---|---|---|
| | 受理号 | |
| | 机构角色 | |
| | 主要研究者 | |
| | 主审委员 | |
| | 独立顾问 | |

编号： AF/SC-02/01.0

# 会议签到表

| 伦理委员会名称 | |
|---|---|
| 会议日期 | |

| 姓名 | 性别 | 专业背景 | 签名 |
|---|---|---|---|
| | | | |
| | | | |
| | | | |
| | | | |
| | | | |
| | | | |
| | | | |
| | | | |
| | | | |
| | | | |
| | | | |
| | | | |
| | | | |

编号：AF/SC-03/01.0

# 投　票　单

初始审查，初审后的复审

| 项目 | |
|---|---|
| 审查类别 | |
| 具体意见 | |
| 决定 | □同意，□作必要的修正后同意，□作必要的修正后重审<br>□不同意 |
| 签名 | 　　　　　　　　　　日期 |

跟踪审查后的复审、修正案审查

| 项目 | |
|---|---|
| 审查类别 | |
| 具体意见 | |
| 决定 | □同意，□作必要的修正后同意，□作必要的修正后重审<br>□终止或暂停已批准的研究，□不同意 |
| 签名 | 　　　　　　　　　　日期 |

年度/定期跟踪审查、严重不良事件审查

| 项目 | |
|---|---|
| 审查类别 | |
| 具体意见 | |
| 决定 | □同意，□作必要的修正后同意，□作必要的修正后重审<br>□终止或暂停已批准的研究 |
| 签名 | 　　　　　　　　　　日期 |

### 违背方案审查

| 项目 | |
|---|---|
| 审查类别 | |
| 具体意见 | □修正方案和/或知情同意书，□重新获取知情同意，□重新培训研究者，□在高年资研究人员指导下工作，□限制参加研究的权利，□拒绝受理来自该研究者的后续研究申请，□建议医院相关职能部门进一步处理 |
| 决定 | □同意，□作必要的修正后同意，□作必要的修正后重审<br>□终止或暂停已批准的研究 |
| 签名 | | 日期 | |

### 暂停/终止研究审查、结题审查

| 项目 | |
|---|---|
| 审查类别 | |
| 具体意见 | |
| 决定 | □同意<br>□需要进一步采取保护受试者的措施 |
| 签名 | | 日期 | |

编号：AF/SC-04/01.0

# 会议审查决定表

| 伦理委员会名称 | 被关联 | |
|---|---|---|
| 项目 | （项目简称，期类别，项目来源简称） | |
| 投票意见 | 票数 | 会议决定 |
| 同意 | 票 | □同意 |
| 作必要的修正后同意 | 票 | □作必要的修正后同意 |
| 作必要的修正后重审 | 票 | □作必要的修正后重审 |
| 终止或暂停已批准的研究 | 票 | □终止或暂停已批准的研究 |
| 不同意 | 票 | □不同意 |

因利益冲突退出　　　　　　　人

| 跟踪审查频率 | | 截止日期 | |
|---|---|---|---|
| 是否调整跟踪审查频率 | □不变，□改变 | 修正跟踪审查频率 | ＿＿ 个月 |

## 投票单粘贴

| 1 | |
|---|---|
| 2 | |
| 3 | |
| 4 | |
| 5 | |
| 6 | |
| 7 | |
| 8 | |
| 9 | |
| 10 | |
| 11 | |
| 12 | |
| 13 | |

编号：AF/SC-05/01.0

# 快审主审综合意见

| 项　　目 | |
|---|---|
| 项目来源 | |

| 方案版本号 | | 方案版本日期 | |
|---|---|---|---|
| 知情同意书版本号 | | 知情同意书版本日期 | |
| 受理号 | | 主审委员 | |

主审意见

□同意，□作必要的修正后同意，□作必要的修正后重审，□终止或暂停已批准的研究，
□不同意
□提交会议审查

| 跟踪审查频率 | | 截止日期 | |
|---|---|---|---|
| 是否调整跟踪审查频率 | □不变，□改变 | 修正跟踪审查频率 | ＿＿＿ 个月 |

| 审查流程的安排 | □提交会议报告，□提交会议审查 |
|---|---|
| 伦理委员会 | |
| 秘书签名 | |
| 日期 | |

编号：AF/SC-06/01.0

# 会 议 记 录

| 日期 | | 时间 | |
|---|---|---|---|
| 地点 | | | |
| 参会委员 | | | |
| 独立顾问 | | | |
| 工作人员 | | | |
| 主持人 | | | |
| 伦理委员会名称 | | | |

主持人：本次到会委员符合法定人数要求。与审查项目存在利益冲突的委员/独立顾问请声明。

**一、会议报告项目**

**（一）上次会议记录**

2×××年××月××日会议记录

审查记录

**（二）快速审查（按伦理审查类别排序）**

| 1. | 伦理审查类别 | 被关联 |
|---|---|---|
| | 项目 | 被关联：项目简称，期类别，项目来源简称 |
| | 受理号 | 被关联 |
| | 主要研究者 | 被关联 |
| | 审查概要 | 被关联 |
| | 审查决定 | 被关联 |

审查记录

**（三）实地访查**

| 1. | 项目 | 被关联：项目简称，期类别，项目来源简称 |
|---|---|---|
| | 承担科室 | 被关联 |
| | 概况 | 被关联 |

审查记录

（四）受试者抱怨

| 1. | 项目 | 被关联：项目简称，期类别，项目来源简称 |
|---|---|---|
| | 承担科室 | 被关联 |
| | 概况 | 被关联 |

审查记录

## 二、会议审查项目

（一）初始审查

| 1. | 项目 | |
|---|---|---|
| | 受理号 | |
| | 机构角色 | |
| | 主要研究者 | |
| | 主审委员 | |
| | 独立顾问 | |

　　审查记录

| 申请人报告 |
|---|
| ＊＊＊报告研究概况 |
| 提问与答疑 |
| |
| 讨论（申请人、声明有利益冲突的＊＊＊退出） |
| |
| 投票意见 |
| |
| 审查决定 |
| |

（二）修正案审查

| 1. | 项目 | |
|---|---|---|
| | 受理号 | |
| | 机构角色 | |
| | 主要研究者 | |
| | 主审委员 | |
| | 独立顾问 | |

　审查记录

| 申请人报告 | |
|---|---|
| ＊＊＊报告研究概况 | |
| 提问与答疑 | |
| | |
| 讨论（申请人、声明有利益冲突的＊＊＊退出） | |
| | |
| 投票意见 | |
| | |
| 审查决定 | |
| | |

（三）年度/定期跟踪审查

| 1. | 项目 | |
|---|---|---|
| | 受理号 | |
| | 机构角色 | |
| | 主要研究者 | |
| | 主审委员 | |
| | 独立顾问 | |

　审查记录

| 申请人报告 | |
|---|---|
| ＊＊＊报告研究概况 | |
| 提问与答疑 | |
| | |
| 讨论（申请人、声明有利益冲突的＊＊＊退出） | |
| | |
| 投票意见 | |
| | |
| 审查决定 | |
| | |

（四）严重不良事件审查

| 1. | 项目 | |
|---|---|---|
| | 受理号 | |
| | 机构角色 | |
| | 主要研究者 | |

| 1. | 项目 | |
|---|---|---|
| | 主审委员 | |
| | 独立顾问 | |

审查记录

| 申请人报告 |
|---|
| 　＊＊＊报告研究概况 |
| 提问与答疑 |
| |
| 讨论（申请人、声明有利益冲突的＊＊＊退出） |
| |
| 投票意见 |
| |
| 审查决定 |
| |

### （五）违背方案审查

| 1. | 项目 | |
|---|---|---|
| | 受理号 | |
| | 机构角色 | |
| | 主要研究者 | |
| | 主审委员 | |
| | 独立顾问 | |

审查记录

| 申请人报告 |
|---|
| 　＊＊＊报告研究概况 |
| 提问与答疑 |
| |
| 讨论（申请人、声明有利益冲突的＊＊＊退出） |
| |
| 投票意见 |
| |
| 审查决定 |
| |

（六）暂停/终止研究审查

| 1. | 项目 | |
|---|---|---|
| | 受理号 | |
| | 机构角色 | |
| | 主要研究者 | |
| | 主审委员 | |
| | 独立顾问 | |

审查记录

| 申请人报告 |
|---|
| ＊＊＊报告研究概况 |
| 提问与答疑 |
| |
| 讨论（申请人、声明有利益冲突的＊＊＊退出） |
| |
| 投票意见 |
| |
| 审查决定 |
| |

（七）结题审查

| 1. | 项目 | |
|---|---|---|
| | 受理号 | |
| | 机构角色 | |
| | 主要研究者 | |
| | 主审委员 | |
| | 独立顾问 | |

审查记录

| 申请人报告 |
|---|
| ＊＊＊报告研究概况 |
| 提问与答疑 |
| |
| 讨论（申请人、声明有利益冲突的＊＊＊退出） |
| |

| 投票意见 |
|---|
|  |
| 审查决定 |
|  |

### （八）复审

| 1. | 项目 |  |
|---|---|---|
|  | 受理号 |  |
|  | 机构角色 |  |
|  | 主要研究者 |  |
|  | 主审委员 |  |
|  | 独立顾问 |  |

审查记录

| 申请人报告 |
|---|
| ＊＊＊报告研究概况 |
| 提问与答疑 |
|  |
| 讨论（申请人、声明有利益冲突的＊＊＊退出） |
|  |
| 投票意见 |
|  |
| 审查决定 |
|  |

记录者签名：

主任委员签名：

日期：

编号：AF/SC-07/01.0

# 伦理审查意见

| 意见号 | |  | |
|---|---|---|---|
| 项目名称 | | | |
| 项目来源 | | | |
| 研究单位 | | | |
| 主要研究者 | | | |
| 审查类别 | | 审查方式 | |
| 审查日期 | | 审查地点 | |
| 审查委员 | | | |
| 审查文件 | | | |

**审查意见**

　　根据卫生部《涉及人的生物医学研究伦理审查办法（试行（2007））》、SFDA《药物临床试验质量管理规范（2003）》、《医疗器械临床试验规定（2004）》、WMA《赫尔辛基宣言》和CIOMS《人体生物医学研究国际道德指南》的伦理原则，经本伦理委员会审查，意见如下：

　　……

　　按审查意见修改后的文件，或对审查意见不同观点的陈诉，请提交"复审申请"，方案/知情同意书请注明新的版本号和版本日期，并以阴影和（或）下划线方式标注修改部分，报伦理委员会审查，经批准后执行。

| 调整的年度/定期跟踪审查频率 | |
|---|---|
| 伦理委员会 | |
| 主任委员签字 | |
| 日期 | |

编号：AF/SC-08/01.0

# 伦理审查批件

| 批件号 | | | |
|---|---|---|---|
| 项目名称 | | | |
| 项目来源 | | | |
| 研究单位 | | | |
| 主要研究者 | | | |
| 审查类别 | | 审查方式 | |
| 审查日期 | | 审查地点 | |
| 审查委员 | | | |
| 批准文件 | | | |

**审查意见**

根据卫生部《涉及人的生物医学研究伦理审查办法（试行（2007））》、SFDA《药物临床试验质量管理规范（2003）》、《医疗器械临床试验规定（2004）》、WMA《赫尔辛基宣言》和CIOMS《人体生物医学研究国际道德指南》的伦理原则，经本伦理委员会审查，同意按所批准的临床研究方案、知情同意书、招募材料开展本项研究。

请遵循 GCP 原则、遵循伦理委员会批准的方案开展临床研究，保护受试者的健康与权利。

研究开始前，请申请人完成临床试验注册。

研究过程中若变更主要研究者，对临床研究方案、知情同意书、招募材料等的任何修改，请申请人提交修正案审查申请。

发生严重不良事件，请申请人及时提交严重不良事件报告。

请按照伦理委员会规定的年度/定期跟踪审查频率，申请人在截止日期前 1 个月提交研究进展报告；申办者应当向组长单位伦理委员会提交各中心研究进展的汇总报告；当出现任何可能显著影响试验进行或增加受试者危险的情况时，请申请人及时向伦理委员会提交书面报告。

研究纳入了不符合纳入标准或符合排除标准的受试者，符合中止试验规定而未让受试者退出研究，给予错误治疗或剂量，给予方案禁止的合并用药等没有遵从方案开展研究的情况；或可能对受试者的权益/健康以及研究的科学性造成不良影响等违背 GCP 原则的情况，请申办者/监查员/研究者提交违背方案报告。

申请人暂停或提前终止临床研究，请及时提交暂停/终止研究报告。

完成临床研究，请申请人提交结题报告。

| | |
|---|---|
| 年度/定期跟踪审查频率 | |
| 有效期 | |
| 联系人与联系电话 | |
| 主任委员签字 | |
| 伦理委员会 | （盖章） |
| 日期 | |

编号：AF/SC-09/01.0

## 伦理审查决定文件签收表

| 项目名称 | 审查类别 | 决定文件类别 | 审查意见/批件号 | 份数 | 签收人 | 签收日期 |
|---|---|---|---|---|---|---|
| | | □ 意见，□ 批件 | | | | |
| | | □ 意见，□ 批件 | | | | |
| | | □ 意见，□ 批件 | | | | |
| | | □ 意见，□ 批件 | | | | |
| | | □ 意见，□ 批件 | | | | |
| | | □ 意见，□ 批件 | | | | |
| | | □ 意见，□ 批件 | | | | |
| | | □ 意见，□ 批件 | | | | |
| | | □ 意见，□ 批件 | | | | |
| | | □ 意见，□ 批件 | | | | |
| | | □ 意见，□ 批件 | | | | |
| | | □ 意见，□ 批件 | | | | |
| | | □ 意见，□ 批件 | | | | |
| | | □ 意见，□ 批件 | | | | |

编号：AF/SC-10/01.0

# 沟通交流记录

| 联系人姓名 | | 电话 | |
|---|---|---|---|
| 传真 | | E-mail | |
| 联系人身份 | □主要研究者，□申办者，□组长单位伦理委员会 | | |
| 交流方式 | □面谈，□电话，□传真，□E-mail | | |
| 项目名称 | | | |
| 交流主题 | | | |
| 交流概要 | | | |
| 处理 | □申请人提出复审；□报告主审委员，□报告审查会议 | | |
| 记录者签名 | | | |
| 日期 | | | |

编号：AF/SC-11/01.0

# 伦理审查平台建设质量评估要点

## 第一部分：组织机构

| 检查项目 | 指标 | 评估要点 |
| --- | --- | --- |
| | 组织机构相关部门职责 | • 开展临床研究的医疗卫生机构、科研院所、高等院校等（统称"组织机构"），所有与受试者保护相关的部门（如伦理委员会，负责临床科研研课题管理的科技部门，负责医疗新技术管理的医务部门等）建立制度，明确各自在伦理审查和研究监管中的职责，实施的所有涉及人的生物医学研究项目都提交文伦理审查，保证本组织机构承担的以及在本组织机构内实施的所有研究项目受试者的健康和权益得到保护 <br>• 组织机构相关部门制定制度，并与伦理委员会协同工作，保证开展研究中所涉及的组织机构财政利益冲突、研究人员的个人经济利益冲突得到最大限度的减少或消除 <br>• 组织机构相关部门与伦理委员会协同工作，有效地报告和处理违背规范与方案的情况 <br>• 组织机构相关部门与申办者达成协议，保证在机构内实施的研究活动中受试者的健康和权益得到保护，如：出现研究相关损害时受试者的医疗与补偿问题；申办者向机构提供研究安全或影响研究实施的情况；向机构提供数据安全监察报告；研究结束后，当受试者的安全可能受到影响时，应将这种结果这种研究结果的直接回应证 <br>• 组织机构相关部门制定制度，保证试验性干预，保证试验上市的产品/适应证，或未获准上市的研究中的产品/适应证符合法律法规要求 <br>• 组织机构相关部门建立与受试者沟通的渠道，对受试者所关心的问题做出回应 |
| 管理体系 | 伦理委员会独立履行职责 | • 组织机构制定政策，保证伦理审查工作的独立性，不受机构其它部门的干预，特别是关于涉及人的受试者研究的伦理决决策；机构组织框架体现伦理委员会的独立性 <br>• 利益冲突政策规定，凡是与研究项目有利益冲突的委员应事先主动声明，并退出方案审查的讨论，决定程序 <br>• 伦理委员会应有足够数量的委员，当与研究项目存在利益冲突的委员退出审查时，能保证审查决定符合法定到人数的要求 <br>• 研究者、申办者可以参加审查会议并回答委员的提问，但应退出方案审查的讨论 <br>• 组织机构的上级行政主管部门不宜担任该机构伦理委员会委员 <br>• 药物临床试验机构主任不宜同时担任伦理委员会主任委员 |

## 第一部分：组织机构

| 检查项目 | 指标 | 评估要点 |
|---|---|---|
| 组建与换届 | 章程 | • 组织机构负责制定伦理委员会章程，内容包括：（1）组织：伦理委员会的名称，隶属机构/主管部门，组织架构，职责权力；（2）人员：委员会组成类别，职责与任职条件，委员招募程序，主任委员产生办法，任命过程避免利益冲突，任期，换届，辞职，免职，替换，独立顾问的选择与委任；办公室秘书与委员工作人员的职责与委任；（3）运作：审查方式，法定到会人数，决定的票数，利益冲突管理，保密协议 |
| | 组织架构 | • 组织机构根据伦理审查的范围，在章程中规定伦理委员会的组织架构。机构内可设立药物与医疗器械临床试验、临床科研，医疗新技术等多个伦理委员会和一个总负责的办公室或多个办公室<br>• 办公室：办公室名称，授权范围 |
| | 任命 | • 组织机构根据章程，负责伦理委员会组建与换届的任命<br>• 任命文件说明委员的职责、任期<br>• 任命文件应递交交政府相关管理部门备案<br>• 委员应签署保密协议，保密范围涉及研究方案，会议讨论，申办者商业秘密，受试者信息等 |
| | 工作人员 | • 组织机构应任命足够数量的伦理委员会工作人员与工作人员，满足伦理委员会高质量工作的需求<br>• 秘书与工作人员经过充分的、适当的培训，明确的职责分工，能够胜任其工作 |
| 行政与财政资源 | 办公条件 | • 办公室的面积与设备（计算机、网络、电话、传真、扫描仪、碎纸机等）能满足其行政管理的需求，并保证其机密性<br>• 档案室能够满足伦理委员会档案文件保管的需要<br>• 会议室面积与设备（投影、扩声、扩音）能够满足审查会议的需要<br>• 采用符合法规与伦理指南要求的应用软件管理系统，对研究方案的送审、受理、审查、处理、审查、传达决定以及跟踪审查进行管理 |
| | 财政 | • 组织机构提供必需的财政经费，列入预算管理<br>• 为委员审查工作提供劳务补偿，除非其审查工作已经通过其它方式支付<br>• 记录并可要求公开支付给委员的劳务补偿 |

**第一部分：组织机构**

| 检查项目 | 指标 | 评估要点 |
|---|---|---|
| 培训 | 对象 | • 伦理委员会委员，秘书与工作人员<br>• 研究人员<br>• 组织机构相关部门的管理人员 |
| | 方式 | • 初始培训，继续教育<br>• 派出培训，组织机构内部培训<br>• 谨慎地利用各种资源，提供尽可能多的培训机会 |
| | 内容 | • GCP培训：伦理委员会的职责，与其它研究各方（申办者、研究者/药物临床试验机构、政府管理部门）的关系<br>• 利益冲突的管理，伦理委员会标准操作规程<br>• 基本的研究设计与方法；不同的研究项目对研究伦理问题的影响<br>• 涉及人的研究项目主要伦理问题的考量以及不同伦理考量之间的权衡<br>• 不同研究设计类型（实验性研究，回顾性观察研究，前瞻性观察研究等）和伦理审查类别（初始审查，跟踪审查，复审）的主要伦理问题的审查要素，审查要点 |
| 质量管理 | 内部评估 | • 组织机构应有独立的部门/具有相应能力的、公正的人员，评估组织机构所有与人体研究受试者保护相关的部门对相关法律、法规和指南的依从性，对组织机构政策/规章/规章制度、程序的依从性。必要时，组织机构应采取相应的改进措施以提高依从性<br>• 组织机构应有独立的部门/具有相应能力的、公正的人员，采用事先制定的检查清单，定期评估伦理委员会的工作质量，评估其是否遵循法规与SOP，伦理审查是否符合相关伦理指南，审查的一致性与连贯性。组织机构对伦理委员会会的改进措施进行跟踪评估<br>• 组织机构应有独立的部门/人员，受理研究人员、受试者、其它研究利益相关方对伦理委员会工作（包括审查过程）提出的问题和建议；组织机构（而不是伦理委员会本身）应评估这些问题与建议，必要时采取相应的改进措施<br>• 组织机构对检查与评估中发现的问题不是追责，而是应能帮助伦理委员会按照既定的标准开展审查工作 |
| | 外部评估 | • 伦理委员会应接受卫生行政部门、药品监督管理部门的监督管理<br>• 伦理委员会可定期接受独立的、外部的质量评估<br>• 组织机构对检查发现的问题采取相应的改进措施 |

**第二部分：伦理委员会**

| 检查项目 | 指标 | 评估要点 |
|---|---|---|
| 人员 | 委员 | • 伦理委员会由多学科、多部门的人员组成，包括医药专业、法律专业、非医药专业、外单位的委员，并有不同性别的委员；能够反映研究所在地区不同的社会文化背景<br>• 委员的专业背景应与审查项目的性质相适应<br>• 非医药专业的委员应有一定数量，以便其能够不感到拘束的发表意见<br>• 外单位委员应来自研究项目的申办、组织实施机构之外的，与组织机构不存在行政隶属关系的单位<br>• 应有足够数量的委员，与审查项目的工作量相适应<br>• 主任委员是审查的组织者，应充分尊重不同的意见，促进和帮助不同意见达成一致 |
| | 独立顾问 | • 委员专业知识不能胜任项目审查的需要时，应聘请独立顾问<br>• 研究受试者与委员的社会与文化背景明显不同时，应聘请独立顾问<br>• 独立顾问可以是伦理、法律、特定疾病人群，或特定疾病方法学专家，研究所在地区人群的代表<br>• 独立顾问可就特定问题向伦理委员会提供咨询意见，但没有投票权 |
| 审查方式 | 会议审查 | • 会议审查是伦理委员会主要审查方式，适用于大于最小风险的研究。研究过程中出现重大或严重问题，危及受试者安全时，伦理委员会应召开紧急会议进行审查<br>• 审查会议前，选择1~2名主审委员填写审查工作表；参会委员预审送审材料<br>• 法定到会人数：审查会议到会委员人数应超过半数成员，并不少于5人。到会委员应包括医药专业、非医药专业、独立于组织机构之外的委员以及不同性别的委员<br>• 会议程序：核对法定到会人数；提出声明利益冲突；报告上次会议记录；报告快速审查项目；对会议审查项目进行充分讨论，根据方案设计类型和伦理审查类别审查要素与审查要点，审查每一项研究；做出审查决定。审查决定包括是否批准研究项目，以及跟踪审查频率<br>• 决定程序：送审文件齐全，符合法定到会人数，申请人与存在利益冲突的委员离场，经过充分讨论，以投票方式做出决定；没有全程参加讨论的委员不能投票 |

第二部分：伦理委员会

| 检查项目 | 指标 | 评估要点 |
|---|---|---|
| 审查方式 | 快速审查 | • 快速审查适用于不大于最小风险的研究，如对伦理委员会已批准的临床研究方案的较小修正，不影响研究的风险受益比；尚未纳入受试者，或已完成研究干预措施的研究项目的年度定期跟踪审查；预期的严重不良事件审查<br>• 快速审查由一至两名委员负责审查，并根据研究方案的研究设计类型和伦理审查类别填写相应的审查工作表<br>• 如果快速审查意见为否定性意见，或两名委员提出意见不一致，或委员提出需要会议审查，并在下一次伦理委员会会议上报告；如果到会委员提出异议，快速审查项目则转入会议审查<br>• 快速审查"同意"的研究项目，由主任委员审核并签发决定文件，并在下一次伦理委员会会议上报告；如果到会委员提出异议，快速审查项目则转入会议审查 |
| 审查要素 | 初始审查 | • 研究的科学设计与实施：符合公认的科学原理，并有充分的相关科学文献作为依据；研究方法合乎研究目的并适用于研究领域；研究者和其它研究人员胜任该项研究<br>• 风险与受益：受试者的权益、安全和健康必须高于对科学和社会利益的考虑；受试者的风险相对于预期的受益应合理，并且风险最小化<br>• 受试者的选择是公正的，研究的负担与受益公平分配；尊重受试者的隐私<br>• 受试者的招募：合理的激励与补偿，避免过度劝诱<br>• 知情同意书告知的信息：在要求个体同意参加研究之前，研究者必须以其能理解的语言或其它交流形式提供信息<br>• 实验性研究告知的信息应符合我国 GCP 和药物临床试验伦理审查工作指导原则的要求，观察性研究则告知该研究设计类型所涉及的信息<br>• 知情同意的过程：只有在确定可能的受试对象充分了解了参加研究的有关情况和后果，并有充分的机会考虑是否参加以后，才能征求同意；对于所有的人体生物医学研究，研究者必须获得受试者自愿做出的知情同意；若在个体不能给予知情同意的情况下，必须根据现行法律获得其法定代理人的许可<br>• 受试者的医疗和保护：研究者负责做出与临床研究相关的医疗决定，并保证所做出的任何医疗决定都是基于受试者的利益；受试者不能因参加研究而被剥夺合理治疗的权利<br>• 隐私和保密：采取的措施足以保护受试者的隐私与数据的机密性<br>• 涉及弱势群体的研究：纳入弱势人群作为受试者的理由是正当与合理的；采取特殊的措施，保护该人群的权益和健康 |

**第二部分：伦理委员会**

| 检查项目 | 指标 | 评估要点 |
|---|---|---|
| 审查要素 | 跟踪审查 | • 修正案审查：对预期风险和受益的影响；对受试者权益与安全的影响<br>• 年度/定期跟踪审查：再次评估研究的风险与受益<br>• 严重不良事件审查：严重不良事件的程度与范围，与研究的相关性，对研究风险受益的影响，以及受试者的医疗保护措施，特别关注与研究可能相关的、非预期的严重不良事件（suspected unexpected serious adverse reaction，SUSAR）<br>• 违背方案审查：是否影响受试者的安全和权益；是否影响研究的风险受益<br>• 暂停/终止研究审查：受试者的安全和权益是否得到保证<br>• 结题审查：受试者安全和权益的保护 |
| | 复审 | • 根据伦理审查意见进行的修改或说明是否符合伦理委员会的要求；是否认可申请人对伦理委员会建议所作的说明 |

**第三部分：伦理委员会办公室**

| 检查项目 | 指标 | 评估要点 |
|---|---|---|
| 管理制度的制定与执行 | 审查会议规则 | • 符合法定到会人数；与审查项目存在利益冲突委员主动声明并退出审查；主任委员会议主持人充分尊重所有委员的意见，鼓励各种意见充分发表和讨论；有若干非医药专业的委员参加会议；决定程序符合规定 |
| | 利益冲突管理政策 | • 足够数量的委员，与审查项目的研究者和资助者无关；与研究项目有利益冲突委员退出审查，决定讨论时申请人与项目资助方离场；审查会有外单位委员参加；违反利益冲突政策事件的处理 |
| | 其它 | • 保密制度，培训制度，经费管理制度 |
| 指南的制定与执行 | 伦理审查申请报告指南 | • 需要提交伦理审查的研究项目范围<br>• 各类提交伦理审查申请报告（初始审查申请，修正案审查申请，复审申请，研究进展报告，严重不良事件报告，违背方案报告，暂停/终止研究报告，结题报告）的定义<br>• 各类伦理审查申请报告的送审文件要求（送审文件清单、格式、语言、份数）<br>• 申请紧急情况下无法获得知情同意的条件 |

**第三部分：伦理委员会办公室**

| 检查项目 | 指标 | 评估要点 |
|---|---|---|
| 指南的制定与执行 | 指南 | • 申请免除知情同意的条件<br>• 申请免除知情同意签字的条件<br>• 受理的方式：受理通知，或补充修改通知<br>• 受理审查与传达决定的时限<br>• 伦理审查的费用<br>• 伦理委员会办公室地点，秘书与工作人员姓名和联系方式<br>• 申请人对伦理审查决定有不同的意见，可提交复审申请<br>• 申请人能够方便的获取伦理审查报告指南<br>• 办公室墙上张贴研究方案申请报告、受理、审查流程<br>• 附件：各类伦理审查申请报告的送审文件清单<br>• 附件：申请表/报告的模板 |
| | 伦理审查申请报告指南 | • 初始审查申请表：申请表包括伦理审查必需知晓的信息，如方案的研究设计类型，研究信息（资金来源，是否设立数据安全监察，其它伦理委员会的重要决定，研究干预措施是否超出产品说明书范围并没有得到行政主管部门的批准），招募受试者（招募者，招募方式，受试者报酬与支付方式），知情同意过程（获取知情同意者，获取知情同意的地点，知情同意签字，知情同意的例外（紧急情况下无法获取知情同意，免除知情同意，免除知情同意签字），主要研究者信息（利益冲突声明，在研项目数），申请人签字并注明日期<br>• 复审申请表：对申请表做"修改"决定的答复（完全按伦理委员会审查意见修改，参考伦理委员会审查意见修改，不同意伦理委员会的审查意见的说明）<br>• 修正案审查申请表：修正的材料（研究方案，知情同意，招募材料），修正的具体内容与原因；修正案对研究风险与受益，受试者权益的影响<br>• 研究进展报告：受试者信息（合同研究例数，已入组例数，完成观察例数，提前退出例数，研究进展所处的阶段，是否存在与研究干预相关的、非预期的严重不良事件，研究中是否存在影响受试者权益的问题），申办者应汇报新的信息（目前研究的任何新信息，新进展，严重不良事件例数），研究进展风险与受益，研究进展对研究中心的研究进展的影响，总各研究中心的研究进展，向组长单位伦理委员会提交报告 |

**第三部分：伦理委员会办公室**

| 检查项目 | 指标 | 评估要点 |
|---|---|---|
| 指南的制定与执行 | 伦理审查申请/报告指南 | • 违背方案报告：违背研究方案（选择不符合入标准的受试者，符合中止研究规定而未退出，给予错误治疗或剂量，给予方案禁止的合并用药，违背 GCP 原则（损害受试者的权益与健康，对研究结论产生显著影响的行为），监查员研究应提交违背方案报告<br>• 严重不良事件报告：及时报告 SFDA 规定的严重不良事件相关信息，并提交后续报告<br>• 暂停终止研究报告：暂停/终止研究的原因，受试者信息，有序终止研究的程序（通知受试者研究提前中止的安排，以及后续医疗与随访的安排）<br>• 结题报告：受试者信息，研究起止日期（研究中止日期，是否存在与研究干预相关的、非预期的严重不良事件，研究中是否存在影响受试者权益的问题） |
| | 临床研究主要伦理问题审查指南 | • 审查所依据的伦理指南<br>• 各类伦理审查（初始审查、复审、修正案审查、年度/定期跟踪审查、严重不良事件审查、违背方案审查、提前终止研究审查、结题审查）的审查要素与审查要点，并符合相关指南<br>• 不同研究设计类型的审查要素与审查要点，并符合相关伦理指南 |
| 标准操作规程的制定与执行 | SOP 的制定 | • 流程：组织 SOP 制定工作组；列出相关 SOP 清单；规定格式和编码；讨论、撰写、审核、批准；现行 SOP 的分发与存档，废止 SOP 的处理，培训与执行 SOP；复审和修订 SOP<br>• 信息：版本信息；制定/修订、审核、批准的信息；版本更新记录<br>• 大纲：目的、范围、职责、流程图、流程的操作细则、术语表、参考文献、附件<br>• 定期审阅 SOP 与指南，根据执行情况与结果决定是否进行修订 |
| | 组织管理 | • 委员的培训：培训计划、培训经费的预算与管理、培训记录<br>• 独立顾问选聘：选聘条件、授权范围（明确咨询问题，填写独立顾问咨询工作表，必要时会到会发表咨询意见，没有投票权）、义务（保密、利益冲突声明） |
| | 研究项目的受理 | • 形式审查：送审文件齐全，符合相应的伦理审查申请/报告的要求；研究方案、知情同意书的要素符合 GCP 规定<br>• 通过形式审查，及时发送"受理通知"，告知伦理审查的时限 |

## 第三部分：伦理委员会办公室

| 检查项目 | 指标 | 评估要点 |
|---|---|---|
| | 研究项目的受理 | • 未通过形式审查，及时发送"补充修改通知"，必要时与申请人沟通、提供咨询；告知补充修改送审材料的时间表<br>• 送审项目登记<br>• 送审项目建档或存档 |
| | 研究项目的处理 | • 授权有委员资格的人员负责研究项目审查方式的处理<br>• 根据研究项目的风险程度，选择审查方式（会议审查、紧急会议审查、快速审查）<br>• 根据委员专业类别、社会文化背景，选择研究项目快速审查的委员<br>• 负责研究项目快速审查委员的人数规定 |
| | 研究项目的审查 | • 主审：根据专业相关以及伦理问题相关的原则，为每个项目指定一至两名主审委员；根据研究设计类型和伦理审查类别，主审委员填写相应的审查工作表<br>• 预审：审查会议前若干天，审查材料送达参会委员<br>• 审查会议和决定符合法定到会人数。法定到会人数包括委员人数和委员类别的规定<br>• 根据方案设计类型和伦理审查类别的审查要素与审查要点，独立、公正和及时的审查每一项研究<br>• 按照统一的标准，对每项研究做出相应批准的决定。批准的研究至少符合以下标准：研究具有科学和社会价值；对预期的研究风险采取了相应的风险控制管理措施；受试者的风险相对于预期受益而言是合理的；受试者的选择是公平和公正的；知情同意书告知信息充分，获取知情同意过程符合GCP规定；如有需要，研究方案应有充分的数据与安全监察计划，以保证受试者的安全；保护受试者的隐私和保证数据的保密性；涉及弱势群体的研究，具有相应的特殊保护措施<br>• 审查意见包括：同意，作必要的修正后同意，作必要的修正后重审，不同意，终止或暂停已经批准的临床研究<br>• 对批准的研究项目做出审查频率的决定<br>• 会议记录：审查会议后根据会议笔记整理形成会议记录；会议记录包括会议日期、持续时间、审查项目、审查项目是否符合法定到会人数、利益冲突委员是否声明并从讨论决定程序退出，审查记录应如实反映会议审查与讨论的要点，并与决定文件一致；会议记录与报告和批准的程序 |
| 标准操作规程的制定与执行 | | |

## 第三部分：伦理委员会办公室

| 检查项目 | 指标 | 评估要点 |
|---|---|---|
| 标准操作规程的制定与执行 | 传达决定 | • 秘书依据会议记录起草伦理审查决定文件<br>• 决定文件的类别<br>  - 伦理审查批件：伦理审查申请类"同意"的决定，采用"批件"的形式传达<br>  - 伦理审查意见：伦理审查申请类除"同意"外的其它决定、伦理审查报告类均采用"意见"的形式传达<br>• 决定文件的基本信息：审查意见批件号；研究项目信息；临床研究机构和研究者；会议时间、地点；审查类别，审查方式、审查委员；审查批准的文件（临床研究方案与知情同意书均应注明版本号/日期）；审查意见，决定文件的有效期；伦理委员会名称、联系人和联系方式<br>• 决定文件的审查意见：<br>  - 肯定性决定：批准的决定；对申请人的要求，如：研究开始前应完成临床研究注册；对临床研究方案、知情同意书、招募材料等的修改，应事先获得伦理委员会批准；发生严重不良事件，应及时提交报告；在伦理委员会规定的年度/定期跟踪审查时间之前提交研究进展报告；研究纳入了不符合纳入标准或符合排除标准的受试者，符合中止研究或方案未让受试者退出研究而让受试者退出研究，给予错误治疗或剂量，给予方案禁止的合并用药等遵从方案有关研究开展的情况，或可能对受试者的权益/健康，以及研究的科学性造成不良影响等违背 GCP 原则的情况，应提交违背方案报告，申请人暂停或提前终止临床研究，应向伦理委员会报告<br>  - 条件性决定：具体说明伦理审查的修正意见，以及提交复审的程序<br>  - 否定性决定：清楚地说明否定的理由和伦理审查的相关考虑<br>• 主任委员审签并注明日期<br>• 审查决定应及时（一般不超过1周）传达给申请人（伦理审查报告类的不需要采用措施的决定，可以不传达；伦理审查申请报告在至少个工作日内没有答复，视作同意） |

第三部分：伦理委员会办公室

| 检查项目 | 指标 | 评估要点 |
|---|---|---|
| 标准操作规程的制定与执行 | 监督检查 | • 实地访查：因审查工作的需要，伦理委员会可指定委员会或组织专家进行实地访查；对访查者发现提出处理意见，提交会议报告或会议审查<br>• 受试者抱怨的处理：伦理委员会办公室指定专人负责受理受试者/患者参加本伦理委员会批准的研究项目所产生的抱怨；对受试者的抱怨提出处理意见，提交会议报告或会议审查 |
| | 办公室管理 | • 审查会议管理（指办公室本身的程序性管理）：会议管理（审查例会时间的规定，受理送审材料至审查会议的最长时限；确保会议的程序）；会前准备（安排会议预审、准备会议议程并通知相关人员，邀请申请人、独立顾问参加会议项目，准备会议室）；会议工作（会议签到，报告法定到会人数，给委员送达审查文件，准备会议签到表和投票单，报告上次会议记录、报告快速审查项目、回收投票单与审查文件，主任委员签署快速审查文件，报告投票结果，会议笔记；会后工作（整理会议记录、起草决议文件、传达决定，文件存档）<br>• 建立与伦理委员会之间的信息交流与合作机制<br>• 其它：文件档案管理，信息交流的记录，接受稽查与视察的准备 |
| | 管理条件 | • 防火、防潮、防鼠、防虫<br>• 文档编号并有序管理，在研项目文档与结题项目文档分开保管<br>• 保密：保密措施（如：上锁文件柜，电子文件的权限，密码与备份规定，查阅权限规定；管理人员熟知并执行文件保密规定）<br>• 文件档案保存时限应符合相关法规、组织机构政策和申办者要求 |
| 文件档案管理 | 管理文件 | • 相关法律、法规与指南<br>• 伦理委员会章程<br>• 伦理委员会工作制度、岗位职责<br>• 伦理委员会审查申请指南<br>• 临床研究主要伦理问题审查指南<br>• 伦理委员会标准操作规程 |

## 第三部分：伦理委员会办公室

| 检查项目 | 指标 | 评估要点 |
|---|---|---|
| 文件档案管理 | 管理文件 | • 委员文档：任命文件（任命文件应明确被任命者的职责），委员专业履历，培训文件（GCP、伦理审查、SOP 等培训记录），保密协议，利益冲突声明<br>• 经费管理文件<br>• 年度工作计划与工作总结<br>• 会议议程与日程，会议签到表<br>• 会议记录 |
| | 项目审查文件 | • 各审查类别的送审文件，审查工作表，投票单，（项目）会议记录，伦理审查意见/批件<br>• 跟踪审查材料<br>• 与申请人沟通交流文件 |
| 管理新技术 | 应用软件管理系统 | • 对研究项目的受理、处理、审查、传达决定的信息进行管理<br>• 对跟踪审查的信息进行管理<br>• 系统的权限管理，数据备灾备份与恢复 |

## 第四部分：研究者与研究协助人员

| 检查项目 | 指标 | 评估要点 |
|---|---|---|
| 受试者保护 | 利益冲突 | • 按照组织机构政策，研究人员需确定并公开与研究相关的经济利益，与组织机构一起管理，减少或消除经济利益冲突对研究的不良影响 |
| | 研究设计 | • 根据专业科学标准设计研究<br>• 以受试者风险最小化为原则设计研究 |
| | 招募受试者 | • 以公平公正的方式招募受试者 |

**第四部分：研究者与研究协助人员**

| 检查项目 | 指标 | 评估要点 |
|---|---|---|
| 受试者保护 | 知情同意 | · 研究人员负责获取受试者参加研究的知情同意<br>· 研究人员采用与研究设计人群相适应的知情同意过程及文件；重视理解、自愿参与的重要性，帮助受试者做出真正知情的决策<br>· 研究人员及时响应受试者的疑问、抱怨和要求<br>· 当发生影响研究风险/受益的事件、研究流程的修正、中止/终止研究时，应及时告知受试者 |
| 遵循法规、遵循方案 | 提交伦理审查申请/报告 | · 研究人员知晓哪些研究项目需要提交伦理审查<br>· 在临床研究开始前，项目的主要研究者/申办者负责提交伦理审查申请；送审材料应符合伦理委员会的要求；获得伦理委员会批准后实施<br>· 研究期间，对方案的任何修改均应经伦理委员会批准；为避免受试者伤害而采取偏离方案的紧急措施，应及时向伦理委员会报告并获得其批准<br>· 主要研究者/申办者负责按伦理委员会审查"修改"的意见，提交复审申请<br>· 主要研究者/申办者负责向伦理委员会提交严重不良事件报告、研究进展报告、违背方案报告、提前中止研究报告、结题报告 |
| | 研究实施 | · 主要研究者和研究团队的执业资质、经验和培训适任研究岗位要求，并有充分的时间参加研究<br>· 研究开展之前，研究者确定保护受试者的必要资源（人员配备、设备条件等）已经具备<br>· 研究方案应经伦理委员会审查批准意见后方可实施<br>· 导师对其学生所提交伦理审查的研究方案负责；检查其学生的研究工作并签字<br>· 主要研究者负责组织研究团队，恰当委派研究职责，并对研究项目保持适当的监管<br>· 研究人员应遵循伦理委员会批准的方案开展研究工作，保护受试者的健康与权益 |

# 第七类 监督检查

编号：AF/JJ-01/01.0

## 实地访查记录

| 项目名称 | |
|---|---|
| 主要研究者 | 承担科室 |
| 访查人员 | |
| 问题 | |
| 访查发现 | |
| 处理意见 | |
| 会议报告/会议审查 | □提交会议报告，□提交会议审查 |
| 伦理委员会 | |
| 访查者签字 | |
| 日期 | |

编号： AF/JJ-02/01.0

# 受试者抱怨记录

## 一、抱怨的记录

| | | | |
|---|---|---|---|
| 受理日期 | | 受理方式 | |
| 受试者姓名 | | 联系电话 | |
| 联系地址 | | | |
| 参加项目名称 | | | |
| 承担科室 | | | |
| 抱怨的问题 | | | |
| 抱怨的事项 | | | |
| 受理人签字 | | | |

## 二、抱怨的处理

| | |
|---|---|
| 承办者 | |
| 处理意见 | |
| 会议报告/会议审查 | □提交会议报告，□提交会议审查 |
| 伦理委员会 | |
| 承办者签字 | |
| 日期 | |

# 第八类　附　　件

编号：AF/FJ-01/01.0

## 术　语　表

申请人：指药物/医疗器械临床试验、临床科研等研究项目的责任者，一般为主要研究者、申办者、课题负责人。责任者或其委托人负责提交伦理审查申请/报告。

初始审查申请：伦理审查申请/报告的类别之一。药物临床试验项目、医疗器械临床试验项目、涉及人的临床研究科研项目，申请人应在研究开始前提交伦理审查申请，经批准后方可实施。"初始审查申请"是指首次向伦理委员会提交的审查申请。

初始审查：伦理审查的类别之一。伦理委员会对申请人提交的初始审查申请所进行的审查称之为初始审查。

修正案审查申请：伦理审查申请/报告的类别之一。申请人在研究过程中若变更主要研究者，对临床研究方案、知情同意书、招募材料等的任何修改，应向伦理委员会提交修正案审查申请，经批准后执行。为避免研究对受试者的即刻危险，研究者可在伦理委员会批准前修改研究方案，事后应将修改研究方案的情况及原因，以"修正案审查申请"的方式及时提交伦理委员会审查。

修正案审查：伦理审查的类别之一。伦理委员会对申请人提交的修正案申请所进行的审查称之为修正案审查。

研究进展报告：伦理审查申请/报告的类别之一。申请人应按照伦理审查批件/意见规定的年度/定期跟踪审查频率，在截止日期前1个月提交研究进展报告；申办者应当向组长单位伦理委员会提交各中心研究进展的汇总报告；当出现任何可能显著影响研究进行或增加受试者危险的情况时，应以"研究进展报告"的方式，及时报告伦理委员会。如果伦理审查批件有效期到期，需要申请延长批件有效期，应通过"研究进展报告"申请。

年度/定期跟踪审查：伦理审查的类别之一。伦理委员会对申请人提交的研究进展报告所进行的审查称之为年度/定期跟踪审查。

严重不良事件报告：伦理审查申请/报告的类别之一。严重不良事件是指临床研究过程中发生需住院治疗、延长住院时间、伤残、影响工作能力、危及生命或死亡、导致先天畸形等事件。发生严重不良事件，申请人应及时向伦理委员会报告。

严重不良事件审查：伦理审查的类别之一。伦理委员会对申请人提交的严重不良事件报告所进行的审查称之为严重不良事件审查。

违背方案报告：伦理审查申请/报告的类别之一。申请人需要报告的违背方案情况包括：①严重违背方案：研究纳入了不符合纳入标准或符合排除标准的受试者，符合中止试验规定而未让受试者退出研究，给予错误治疗或剂量，给予方案禁止的合并用药等没有遵从方案开展研究的情况；或可能对受试者的权益/健康以及研究的科学性造成显著影响等违背GCP原则的情况。②持续违背方案，或研究者不配合监查/稽查，或对违规事件不予以纠正。凡是发生上述研究者违背GCP原则、没有遵从方案开展研究，可能对受试者的权益/健康以及研究的科学性造成显著影响的情况，申办者/监查员/研究者应提交违背方案报告。为避免研究对受试者的即刻危险，研究者可在伦理委员会批准前偏离研究方案，事后应以"违背方案报告"的方式，向伦理委员会报告任何偏离已批准方案之处并作解释。

违背方案审查：伦理审查的类别之一。伦理委员会对申请人提交的违背方案报告所进行的审查称之为违背方案审查。

暂停/终止研究报告：伦理审查申请/报告的类别之一。申请人暂停或提前终止临床研究，应及时向伦理委员会提交暂停/终止研究报告。

暂停/终止研究审查：伦理审查的类别之一。伦理委员会对申请人提交的暂停/终止研究报告所进行的审查称之为暂停/终止研究审查。

结题报告：伦理审查申请/报告的类别之一。申请人完成临床研究，应及时向伦理委员会提交结题报告。

结题审查：伦理审查的类别之一。伦理委员会对申请人提交的结题报告所进行的审查称之为结题审查。

复审申请：伦理审查申请/报告的类别之一。申请人在伦理委员会的初始审查和跟踪审查后，按伦理审查意见"作必要的修正后同意"、"作必要的修正后重审"，对方案进行修改后，应以"复审申请"的方式再次送审，经伦理委员会批准后方可实施；如果对伦理审查意见有不同的看法，可以"复审申请"的方式申诉不同意见，请伦理委员会重新考虑决定。

复审：伦理审查的类别之一。伦理委员会对申请人提交的复审申请所进行的审查称之为复审。

跟踪审查：伦理审查的类别可以分为初审、跟踪审查、复审三类。跟踪审查包括修正案审查、年度/定期跟踪审查、严重不良事件审查、违背方案审查、暂停/终止研究审查、结题审查。

会议审查：会议审查是伦理委员会的主要审查方式，包括例行的会议审查和紧急会议审查。会议审查程序包括主审、预审和会审。会议审查的决定程序为：送审文件齐全；符合法定到会人数；申请人、独立顾问、与研究项目存在利益冲突的委员离场；有充分的时间按审查程序和审查要点进行审查；到会委员通过充分讨论，尽可能达成一致意见；以投票方式做出决定；以超过到会委员半数票的意见作为审查决定。

快速审查：快速审查是伦理委员会的审查方式之一，是对会议审查的一种补充方式，以提高审查工作效率。快速审查的主审委员审查意见一致，均为"同意"，主任委员审核后就可以签发"同意"的决定文件。快速审查"同意"的决定没有要求符合法定到会人数，也没有要求经过充分的讨论，因此，伦理委员会采用快速审查的方式必须符合规定的适用范围，并在流程上对快速审查的决定进行限定：①如果快速审查的意见有"作必要的修正后重审"，"不同意"，"终止或暂停已批准的研究"，"提交会议审查"，或两名主审委员的审查意见不一致，该项目的审查方式转为会议审查。②快速审查"同意"的项目，应向下次审查会议报告，如果参会委员对所报告的快速审查项目的审查意见提出异议，该项目进入会议审查。

**实地访查：**伦理委员会对研究实施情况的监督检查方式之一。伦理委员会委员在审查项目时，或秘书在接待受试者抱怨时，发现需要进一步了解/核实情况，由办公室组织的实地访查活动。实地访查是从保护受试者角度检查研究的实施情况，以及对 GCP、研究方案、本伦理委员会要求的遵从性。

**受试者抱怨：**伦理委员会对研究实施情况的监督检查方式之一。伦理委员会对参加本伦理委员会批准研究项目的受试者对其权益和健康的抱怨与要求所进行的管理，目的是保护受试者的安全、健康与权益，保证申请人遵循 GCP、研究方案开展研究。

编号：AF/FJ-02/01.0

# 参 考 文 献

- 国家食品药品监督管理局. 药物临床试验质量管理规范，2003
- 国家食品药品监督管理局. 药物临床试验伦理审查工作指导原则，2010
- Expert Working Group. ICH E6：guideline for good clinical practice，1996
- World Medical Association（WMA）. Declaration of Helsinki，ethical principles for medical research involving human subjects，2008
- Council for International Organizations of Medical Sciences（CIOMS）. International ethical guidelines for biomedical research involving human subjects，2002
- World Health Organization（WHO）. Operational guidelines for ethics committees that review biomedical research，2000
- World Health Organization（WHO）. Surveying and evaluating ethical review practices，a complementary guideline to the operational guidelines for ethics committees that review biomedical research，2002
- 国家中医药管理局. 中医药临床研究伦理审查平台建设规范（试行），2011
- 国家中医药管理局. 中医药临床研究伦理审查平台建设质量评估要点，2011